enlighten & fish 亮光文化

年過30前の
78件行李

薛晉寧＿＿＿著

M78

# 序│三十年內，依舊存在的物件

　　踏入三字頭，就算未叫有成就，總有東西懂得保留，有些東西知道要濾走。三十歲，在我而言，是毫無意義的，從來每一個歲數，各人都有自己的 check point，意義、使命是自己強加上去的，你可以為自己訂立人設，再從旅程之中尋找你唯一的意義，像 RPG 遊戲選角一樣。

　　甚麼為之人設？人物設定：通常大家會得到一個素體，你選好身形，塑造好臉孔，下一步就是將衣物、裝甲、武器一一掛上。三十歲，身形面孔大概經已設定完成，直接踏入下一步了。對，我們的生活常態、習慣、性格、喜好，通通都無法 100% 地全面向人表達，與其向你解釋，不如待你自己去打量我身上的武器、裝備，假如你感興趣，我們才進入下一步吧，或者我們有機會組隊結盟甚至結婚……所以為自己選擇裝備，直接影響你的交友圈子，影響未來。例如我絕對不想與年過三十還腳踏「洞洞拖鞋」（Crocs 鞋款）的人打交道，個人偏好而已，或者你好欣賞他的膽量也說不定，所以，為自己打造裝備，可是為自己打造於社交中的容身之所的基礎。

　　在計算過自己期望打造的形象之後，今年年頭我進行了一次史無前例地大規模的大掃除，把可以消去的物件消去後，還是留下一大堆寶物。在物質社會之中，我們都不得不承認自己的確有點戀物吧。本書記錄了 78 樣我生命

中不能缺少的物件，在記下我與這些物件的經歷的同時，我大概也會更了解自己，或者你也應該做做這個練習，撇除有機會可以出版圖書之餘，可能從此買物時都會產生一種「買下之後可能要寫一篇文章……」之類的心理恐懼，年中消費應該可以減輕不少。

p.s. M78 星雲是初代超人的故鄉，本書採用 M78 為書名有兩個原因，首先我細數之後，真的有 78 件想記下的寶物，另外我在平日電台節目之中，報天氣的音樂就已經是借用超人吉田的主題曲。本人採取「做人可以欠債，但不要有太多債主」為原則，反正借開，就索性加按。

p.s.2 在我三十歲的時候，我寫下了一件一件物件，記錄了當時的我，到文章結集成書時，我已經三十五了。我把面對這三十的我的感覺，留在本書的後記，現在容許我邀請你陪我經歷多一次。

p.s.3 和 p.s.4 都是三十歲前沒有的東西。

p.s.5 三十四歲時終於得到了！

# contents

# 服裝部

# 裝備部

# 藏品部

## 小食部

# 人生

玩具部

# 01

　M78：年過三十前 の 78件行李　──　玩具部

# Mini Cooper

　　先介紹，她叫 Obe，在這本書中，你將會看見很多次這個名字。她是我好愛的人，在中六時我們已經決定了，總有一日，要買一架紅色 Classic Mini Cooper，門上有 177 的號碼，車頂有個行李架，架上有兩個後備胎，就是 1967 年的那架 Rallye Monte Carlo 越野賽車版本的 Mini。我們是完全不了解它的性能的，純粹外貌協會。

　　知道對方的收藏喜好，是一件非常方便的事情，即是說，以後生日、節日、激嬲⋯⋯就好辦事了，只要不停送同一件東西的不同產品就可以了，連想都不用想。我總是期待有一日可以送到沒東西可送，送到一架真車給她，於是早幾年我一直留意著市場價格，在日本的二手車網站看得好過癮，這些古董車，以新舊程度分 S、A、B、C，像打機一樣，就算是 S 級品質的，也是相當便宜（如果不計保養、牌費、修理費的話），但據聞買 B 級的已經夠做，不過像這樣遠古的汽車，要找一架已經被改裝成自動波的、冷氣、音響都齊備的，就有一定難度。早知如此，就去做車房，計計數之後，發覺買架新款都差不多價錢，就偶爾會試探一下她：「其實 Mini 的 Clubman 都好似幾靚喎！」試試水溫嘛。其實都幾無聊，說到似層層，一副好像真的準備買一樣，明明連車牌都未有。

　　雖然後來養不起車，但各自偷家中的車去遊車河一樣開心。好像中學時一樣，又做回我的鄰座了，唱著亂七八糟的歌詞，漫無目的地四圍去，丁點也不想離開冷氣

車廂，每個週末都過著像考試之後，毫無生產力的假期。

我喜歡她在我身邊的時候，從來不會認路，因為我九成行錯路，不認得才是好事；我也喜歡她在我旁邊做我的專屬 DJ，雖然 music sense 一般。後來當她有車牌，我則體驗到久違了的、提心吊膽的刺激感覺，原來她是車手……那時候我就要做教車師傅：「你轉線有冇望倒後鏡呀？點解唔望呀？好忙呀？打咗燈就大晒呀？」由於兩個人都是師承同一個教車師傅——我老竇，這樣的對白大家都聽過一千次以上……計起來，其實我們總是在對方身邊，扮演著各種鄰座的不同角色呢。

遊車河，其實都一齊遊好多，到頭來，其實也沒有甚麼地方想跟她去，我的空間只停留在車廂裡面，她在身旁，塞車也好，停留也好，也沒甚麼所謂。我有時也在想怎麼大部分跟這個人一齊的時間都這樣無聊呢，大概是因為她的所在位置，已經是我的目的地吧。

因為她已離開這個有點討厭又有點可愛的世界一段時間了，我好掛住這個傻瓜，她佔了我三十歲前的一半，所以別見怪，你會在本書中看見很多關於我們的記憶點。有些人，不用特別記掛，你身邊每件事物總有著與她的故事，也支持著你生活的每一個舉動和決定，現在她有點像駕駛著我這個機械人的 pilot，那麼作為機械人，堅強一點也是必須的，希望剩下的故事可以帶給大家一丁點快樂，能增強一日裡的少少幸福感就很好了。

# 02

DRAW 4 FOUR!

# UNO

中學時看雜誌，常見一種訪問模式，窺看別人袋子裡的 essentials（日常裝備），這就像是有品味人士認證呢！到進入了社會後，連紙媒都消失了，milk 也變成 MM，只做有意義的訪問了，我超懷念「到底甚麼叫椰子樹洗水牛」、「編輯們的 essentials」，那些知道與否根本無關痛癢的報導，想必這大概是這些文章結集成書的其中一個原因吧，既然沒機會參與雜誌訪問，就突然開始在書中自說自話了！

曾經因為 essentials 類型的訪問，有一段時間，我執書包時盡量奇怪，記得要預備一本書、sketch book、量角器⋯⋯總之每樣物件我都可以講到一個故事，但後來始終無人問津，失望！失望！於是背囊又開始慢慢減輕，但 UNO 還是以其實用性取回居留權而長駐背囊。

比起啤牌、手機遊戲，還是 UNO 更能令人迅速破冰，投入友誼圈子，大概是因為被 draw four 真的很可怕吧，當你面對新朋友時，如果能夠累積攻擊，draw 了他十張以上的遊戲牌，大概下一次見面他都會記得你這個狠角色！真的！但 UNO 偶爾也會有它失靈的時候⋯⋯

朋友的女性朋友失戀，去了吐露港碼頭邊飲酒，二人相對無言，朋友覺得太難頂，於是急召我去現場搶救。我其實第一次認識他這位朋友，即失戀那位，但去到就已經見到她不時表演飲泣，我自我介紹完之後她亦沒有作出任何回應，相當無禮。我坐在朋友身邊，又不太好意思與朋友對話，實在好難頂，於是我又急召多一個朋友去現場

搶救原本趕往現場搶救朋友的我。朋友到埗，又遇到同樣問題，大家都有口難言，我知道再這樣下去，朋友都會覺得好難頂，又會再急召多一個朋友去到現場搶救他，最後就是現實世界中無止境的 draw two 和 draw four，為免受害者再度增多，亦為了打破尷尬的空間，我惟有拿出 UNO，大家就開始九唔搭八地玩起 UNO 了。

你有沒有試過與失戀的女人玩 UNO？超痛苦！贏，她不會特別開心，只會維持目無表情，但你更加不敢擊敗她，由於她感情上已被擊敗。我嘗試過用遊戲向她暗示：「輸感情，並非輸清所有！你還是可以在 UNO 上反將大家一軍的！」於是我忍手，沒有 draw 她 four，但同時上兩家都 draw 了我 two，我明明手頭上還有一張 draw two，但只因為要考慮下家感受，我放棄出牌，實在相當不盡興！

當晚我領悟到，自以為游刃有餘的處世技巧，在錯的人身上使用，仍然是會弄巧反拙。相信在同一晚一邊喊 UNO，一邊「喊咁口」的女生，亦曾將自己心入面副 UNO 用錯在錯的人身上，才導致分手吧，所以 UNO 有一條規則是出 last card 前要喊「UNO」，其實是提醒自己就快結束了，you know？還真是警世……

# 03

# 橫池迴力車

90 年代初，周圍都有賣無牌玩具，是無牌，不是冒牌，即是無品牌，只是製造商直接輸出的商品，通常在文具店、報紙雜貨攤、士多、零食店有賣。那是屋邨商場都有生意做的年代，大人飲茶等位／等位飲茶時會花一個幾毫給小朋友買漫畫、玩具打發時間，現在仍有機會在報攤找到這種廉價玩具的。以前小孩得到這些小錢，可以選擇扭閃卡、有獎波子機、印水紙吹波糖、擦擦卡或香港寶島少年——《coco》，只有富裕的細路可以選擇無牌玩具。

薛宅呢……比起小康之家，我們可能比較接近小器之家，要得到玩具，要靠等價交換，可能要三次默書一百分／學期尾有個獎／成績表老師寫了正面評語（教師緣薄，曾經存在過對我有好感的老師，最終評語卻都是負面的），要從家長手上得到禮物，難度值屬 A，而這一架 Q 版一級方程式迴力車，是小弟學識游水，並成功游畢一整個橫池而得到的禮物，老竇買的，都好明顯是他的風格，兜口兜面在定風翼上寫上「橫池」二字……

老竇有鋪癮，喜歡在物件上寫字，有時會為物件寫上說明，例如家裡的地墊底部，就寫了個「底」字，未夠，地墊面上亦寫了個「面」字，意義何在呢？要區分底面，你都已經有個「底」在底，明明另一面就肯定是正面，但這是他的堅持！還在大家襪底寫上各人英文名簡寫，我有條 Star Wars 內褲被寫上「N」，慘變成 Star N Wars，總之這就是他的風格，直至現時我也抵抗不了，更何況是五歲的我呢？

當年雖然白痴，但我仍然知道玩具上寫著得獎項目是更白痴的事，而且帶出街時，大家都會問起，於是我想盡辦法說服自己那是受一個叫「橫池」的游泳品牌贊助的賽車！但為甚麼游泳品牌不叫直池要叫橫池呢？我說服不了自己。不！那是代表日本一個叫橫池的地方出戰的賽車，後來舅父那個做日航的女朋友告訴我日本沒有一個地方叫橫池，簡直想逼死我……那麼調轉讀作池橫，代表賽車手好反叛，穿了臍環可以嗎？阿媽說臍環不是這個「池」也不是這個「橫」……如是者，我反覆思考著要如何向人解釋，一個接一個更合理的藉口一一誕生了，假若現在我都算是一個出色的大話精，都拜那時所賜。不過我記得有一次講大話被阿媽拆穿，剛巧老竇放工回家，阿媽打我打到夠鐘煮飯，叫老竇教訓我，老竇問我知不知道甚麼叫雪芳蛋糕，以下是他的解釋：「雪芳蛋糕之所以叫雪芳蛋糕，就係提你，說謊，可以，但係要高！做乜嘢都要畀心機，講大話都係，你再畀啲創意啦！」收到晒，不過最後老竇都有加入打我。

**04**

# 恐龍戰隊變身器

由 Bandai 戰隊職人系列推出的恐龍戰隊獸連者變身器，售價一直穩定，沒有太大升幅跌幅，維持在 $500 樓上樓下水平。資料補充，恐龍戰隊是日本東映公司第一套以恐龍為題材的戰隊特攝作品，1992 年大熱之作，亦是第一套被美資（美國資金，不是你們最愛的古著店）買入，重拍了西人版的戰隊劇集，由此作開始，角色設定由以往五個人組成的戰隊組合，改為六人，第六人會中途加入戰團，以亦正亦邪的超強隱藏戰士身分出現。由此可見，此作是戰隊劇發展史的分水嶺，時代之作也。

作為時代之作，當然有時代的特色。90 年代的戰隊，變身器就是變身器，沒太多功能，基本上可以發光、可以發聲、有彈弓機關可以打開，已經合格有找。從裝備上來看，不難估計 90 年代的戰隊與 00 後的戰隊，應該會有強烈代溝，前輩應該會嫌後輩所用的變身器太過複雜，設計極不純粹，因為 00 之後，是手機年代，好多戰隊變身器都改為手機代替，大大加強合理性和實用感，因為作為戰隊成員，明明要隱藏身分，經常隨身攜帶一個奇形怪狀變身器，實在太難解釋。後來轉為手機就簡單得多，加上每個小朋友都想擁有一部手機，手機是父母認為你已經長大的其中一個見證，以玩具生產策略來說亦是相當高明，只是太實際而已。

這是玩具，有需要那麼合理實際嗎？本身的手機還不夠實際嗎？說穿心理，買變身器也不過是 Cosplay 的一種，拿著手機 Cosplay，如果其他人不知道那是變身器，

真心以為是幼稚款的手機，都幾灰！畢竟世界上的戰隊
宅，人口其實不如我們自己想像般多，有好多梗，是需要
畫出腸的。做戲做全套，中二中到底，扮手機的變身器還
是留給想扮大人的不成熟小朋友吧，成熟的大人可是有膽
量誠實地承認自己的幼稚，每日回到公司都大模廝樣地將
變身器放在工作桌上，就放上去你的打火機、滑鼠、卡片
套附近，是你每日的隨身裝備，同心一體！要 Cosplay
的話，就連心也要在一起，要宅就宅到底，請女生們都好
好學習一下，別拿「實用」做掩飾做藉口，不要再買翻版
的美少女戰士變身器造型的 portable charger 了！想
要變身器就正正經經買一個變身器，成熟點吧。

# 05

# 米奇電動玩具車

在家中有個規矩是非常特別的，由我識行識走識說話開始，婆婆就被禁止與小弟 outdoor 獨處，因為兩個人出街，每一次都會拿著新玩具回家。婆婆縱容孫仔的程度直達阿爾蓋達級，只計她買給我的玩具，大約有三百樣，並未誇大。而當時迷你倉並未像當代那麼盛行，所以新玩具必須由兩婆孫每天想盡辦法偷運入屋，在回家開鐵閘時遮遮掩掩，例如放在雨遮內再把它捲好，又或者放入拜神用的碌柚皮內，甚至買報紙包起玩具，企圖扮榴槤過關都試過。婆婆，是一個偷運高手。

要哄婆婆買玩具，是不需要動用到言語這種低端的溝通方法的。由於婆婆是一位拜神者，她非常清楚明白拜神對拜神者的重要性（卻不明白誠實的重要性），所以只要我蹲在玩具前，用最誠懇的眼神望住目標誓願五分鐘，就為之很虔誠，婆婆就會自動拿去櫃枱結賬了，當然，用盡力氣扯住婆婆左手，哭鬧為難地說出「唔好啦，媽咪會鬧㗎……」這場戲，還是要交足，讓婆婆可以展露像溝女一般的霸氣：「我話買嘅，佢夠唔夠膽鬧我吖？」禮成！得婆婆，得天下！

唯一的問題是我拜神的動作，一個小朋友必須孤伶伶地蹲著，才能夠展現出楚楚可憐的感覺，換言之我只能夠對我高度以下的玩具誓願，雖然「抬頭吧！相信愛你便能飛」地向上望也能帶出一種希冀的感覺，但抬頭太宏觀，焦點散亂，距離令你難表達自己對哪件虔誠，不過吉之島玩具部的好貨，通常多數放在比較高的層架，我有時

也需要拜託其他比我高的大哥哥幫我拿下來，我再放在低層層架蹲下誓願，雖然比較麻煩，但也不算是解決不到的問題，不過有一次真的考起小弟！

那是九龍城廣場，當時九龍城廣場有玩具展銷，一個個玻璃飾櫃放了林林總總的玩具車，所有飾櫃都鎖上了，不能自製機會。當時小弟 eye level 的就是這一架米奇老鼠警車，已經算是眼見到最高目標。雖然我喜歡警車，但超討厭老鼠，不過總好過空手而回，死死地氣開始誓願，現在回想起來，這人類真的是一個貪得無厭、不折不扣的祈福黨！然後婆婆亦真的超喜歡被騙！我們果然是最佳拍檔！到現在婆婆依然不改溝女風格，今年給阿媽新年利是之後，再給了我三封，Isa 姐竟然問原因，婆婆說一封新年利是，一封預祝我生日，一封純粹偏心。做男人就要做到婆婆這樣，超有霸氣！

# 06

# 映画泥棒

映画泥棒是一代日本電影人物，映画即是電影，泥棒是小偷的意思，即是電影小偷，形象化點，日本任達華呀！2007 年開始，日本電影院播放影片前，會播放《No more 映画泥棒》，即是香港的「仲偷拍？成個電影業界你搞彎晒！」，不過日本的是由兩個角色組成的，基本上就是兩個西裝友，一個頭頂攝錄機的 Camera Man，一個頭頂警號燈的 Patrol Lamp Man。二人以默劇、舞蹈方式示範偷拍帶來的後果，看著那 Camera Man 在跳著古怪舞蹈，一副得戚的「你睇我唔到！你睇我唔到！」的樣子本身已很欠揍。

這兩個角色造成的市場迴響遠超他們杜絕偷拍的能力，你可能見過 Comic Con 有人出 cos；見過 Twitter 上大量他們的畫作、他們的 BL 同人漫畫；2014 年 Bandai 還推出了他們的可動 figure，即是我書枱頭放的這一對。一直覺得這是一套好好的 marketing、promotion 榜樣，首先本人一直都覺得在大熒幕前看電影片頭 trailer、廣告甚至告示也是我花錢入場的原因之一，而每次都會播放的《仲偷拍？》、《唔該熄咗你個電話啦……》系列，顯然不是太 enjoyable，至少我沒見過有人動漫節會 cos b.wing（熄電話片插畫家），也沒見過任達華拍完《仲偷拍》後得到甚麼直接相關的衍生利益（接了很多 PTU 戲不算數），演偷拍那個人更是銷聲匿跡，顯然不是一個成功的影片吧，明明那是大好機會，比所有（是所有）電影都要多人看（是所有票房的總和喎！），但沒有人珍惜過機會，這樣一播就十幾年……為

甚麼沒有人提出要重拍呢？這些才最值得 remake 吧？

好的創作，即使經典也不能停下、放棄潮流。放棄潮流的經典可以是藝術品，而好多時候藝術品都是有價有市的，你看《Star Wars》為甚麼要推出新的三部曲？好受歡迎嗎？不！但商品推出很多，而且舊角色的產品推出得比新角色還要多。是作品的變化，延長作品在市場上的活躍期，令它從來沒有離開過潮流。人與作品，一旦離開潮流就不再年輕，新陳代謝變慢，好難翻身。你知道為甚麼新陳代謝會叫新陳代謝嗎？新的，變陳舊，等待，凋謝──新陳代謝，所以不可以放棄革新。

《映画泥棒》系列沒有停下，除了被二次創作大力在次文化方面宣傳之外，作品自身也超多變，在動畫《銀魂劇場版──永遠的萬事屋》中，還播放了動畫版的映画泥棒並直接成為了開啟故事的主軸！也與《名偵探柯南》、《魯邦三世》……多部作品推出特別版。創作除了內容之外，用別人意想不到的登場方式出現也很重要。順帶一提，那位頭頂攝錄機的蒙面人真身，是一位舞蹈員，O-ki（藤島巨樹）在映画泥棒開始的六年後，2017 年在電視台首次亮相，並開始以 Camera Man 飾演者身分出演媒體節目。雖然很想大家學習，但 Camera Man 在 Twitter 大活躍宣傳反盜版訊息那年，是 2015 年，至於香港嘛？我們消防處曾在 2018 年得到一隻任何設計都沒有的「任何人」，還被市民大讚好有創意，なに the fuck？！

# 7-11

我有一間 7-11，N scale 的火車模型場景，即是 1/150 的微縮模型，日本鐵路模型公司 Tomix 的出品。我寫了一個有頭無尾的故事——某年的 7 月 11，一個男孩認識了一個女孩，就像觸電的感覺一樣，每一秒都想見。那年夏天，兩個夜青每晚通宵遊巴士河、遊公園、流連走過的每間 7-11，見少一秒都好掛住、好掛住——是超級青春的夏天故事。

但愈青春的故事，愈是來得快完得快。時間太短，結束後反而久久未能平復，二人不會再聯絡，所有聯絡方法都好像禁區，全 block。愈甜蜜的回憶總是愈苦澀，但特別日子還是會看看大家有沒有留下線索給大家，一日有線索，都未 close file。例如紀念日 7 月 11，像忌日一樣，幾乎要在他們以前坐通宵看日出的足球場上灑白米（靈異儀式），看她有沒有出現過。於是分手再復合，分手再復合，合共一百個回合之後，還是分手。7 月 11 的共同密碼失效了。寫到這裡，好像參透了大部分在夏天發生的超級青春愛情故事，都是這樣草草收尾的。

記得《500 Days of Summer》嗎？簡單說明就是男主角愛上名為 Summer 的女主角卻不能在一起，幾經辛苦終於接受現實，結局遇上下一個名為 Autumn 的對象。所有 Summer 都已 move on 了，而所有目送 Summer move on 的人都仍然會留在原地好一陣子。究竟怎樣才可以從 7-11 離開，然後在 OK 遇上下一個對象呢？想起《無痛失戀》入面最後一幕——占基利與琦溫

斯莉互數對方不是，但還是說出 OK 那一幕。其實愛人不需很 OK，只要你找到一個你願意 OK 她所有的不 OK 的人，再不 OK，你都 OK。如果找到，下次不如帶她到 OK 表白，拍成電影，畫面好像不錯。

寫愛情故事其實是一個跟自己談戀愛的少少悲慘、少少好笑的悲劇活動，現實未能夠發生的，在作品裡面好好投射及發洩。其實每一個角色都是自己，編劇就是自說自話，透過別人的行動去反映自己的無奈，透過角色之間的反應進行自我反省，寫出自己沒有完成的遺憾，補完自己的內疚。這樣的話，浪漫是相對容易的。

浪漫唯一困難，是實行困難，而愛情故事只須幻想，不用實行，所謂創造二人的劇情，其實都是依照一個人的意願去發展，所有難題都在可控制範圍內。寫故事是可以，不過現實世界不是這樣的。

Anyways，現在麻煩你自己播一播 Shine 的《避雨》。

# 08

# 特攝建築扭蛋系列

我有一堆東京小屋，嚴格來說，是一堆東京建築，特攝建築扭蛋系列是 Bandai 扭蛋食玩部推出的產品，商品建議配合超人發光扭蛋系列使用，可重現拍攝超人時的場景。扭蛋出到第三彈，內容包括有公寓、商廈、工業區、油庫、高架橋、高架電纜⋯⋯建築物 $20 一座，實在是非常適合新手投資的房地產。我正在收購及重現一個城市，以最化算之道享受微縮模型的樂趣，在香港連租金也成負擔的情況下，能夠讓你擁有一個城市，特攝建築扭蛋系列實在是非常鼓舞人心的產品。

每個超人迷都有個夢，希望有機會到拍攝現場參觀。踏在微縮城市之上，以超人的視點，俯瞰世界，感受著如果要保護這個小小的宇宙，要如何在這城市與怪獸戰鬥的感覺，男孩子總會有一種想保護地球的無謂志願。小時了了，大未必佳，成長會發現世界沒有大怪獸，我們也沒有長大到能夠俯瞰世界。世界依舊很大，但也沒有超人，只有立心不良的平凡人、小怪獸、心地差的社會；甚少打贏怪獸的喜悅，大量建基於嘲笑或傷害他人的快樂；沒有大怪獸，但仍然有好多東西需要對抗，單單站立在街道上已經疲累不堪，有時甚至會懷疑自己的正義。真誠地說出自己所想，好大機會會傷害到自己，及身邊珍視的人。或者到頭來大家都成不了主角超人，只成為了唯命是從、襟撈的劇組人員。沒有超人，沒有怪獸，沒有地球防衛隊，只有平凡的我們。

2019 年多啦 A 夢大電影《大雄的月球探測記》幾款海報文案提及到「由小孩變成大人」的定義如下：

「回憶要是記不起來就會消失，所以必須緊記。」

「大人其實只是擅長扮大人的小孩而已。」

「小時候想拯救世界，今夜只想拯救一個人。」

「只要知道歸途，即使面對黑夜也不會害怕。」

拯救不了世界，但救得一人得一人，要記得應記得的，想辦法回到起點，大家都沒變大人，只是扮演大人的小孩。

成長後，有能力將夢想斬件上，變成一個個可以實現的目標，有時會忘記將目標放大，變回夢想的尺寸。不能將責任全歸咎於城市，城市不過是背景，到最後做決定的還是我們，唯獨這點不能忘記──絕對不要因為「反正情況都已經到了如此地步」就繼續破壞城市，變成怪獸的意識形態。如果我們一開始是想扮演超人，不要放棄，繼續嘗試拯救地球吧。自己的容身之所，自己打造。

# 09

# 王立科學博物館

我並沒有感到擁有一間博物館，但我擁有一些展品，王立科學博物館，The Royal Museum of Science。2009年在郡山市ふれあい科學館舉行了一次《大宇宙的小型展覽》，展出全套模型，包括火箭發射台、穿梭機、太空人、人造衛星這類寫實系的太空探測機械，是以盒蛋形式推出的微縮模型，造工精緻但零可玩性。

展品我看到第一眼，就決定全套入手，滿足自己的土豪心態。如非古天樂，人生未必再有機會可以一手過買入一套展品，機會難得。價錢適合的情況下，我這次投資是毫不猶豫的，一次過買了兩套。於是，我擁有了一套太空館展品（雖然是袖珍版），另一套，打算送給一個三年一會的朋友，但三年前見面時我忘了帶出去，所以又要再等三年。

我有一段時間迷上過天文學，因為認識了這個在美國修讀 Astronomy 的女生。在幻想中，當時都已經畢業的我們，在金鐘夏慤道放滿學生桌的自修室，沒有東西需要溫習，但在自修室嘛，都想做回一陣子學生，於是交換知識，開始教對方自己的學術範疇的基礎。我畫素描，她教星象，浪漫到爆。字面上很優美吧，好像已經可以拍拖，事實上呢？我教她素描光暗、打底的概念、筆法，她全晚只是根據我出的題目，把十多個正方形，以 5H 至 6B 不同深淺度的鉛筆，均勻地填滿。當晚她教的是兩顆星球互相接近時，外圍光環會因為甚麼原因而變色，明明是廣東話也不是太聽得明……在自修室的晚上，我倆彼此之間的

火花，沉悶、學術而深奧，畫面漂亮但娛樂性是零，有點像這套模型，但我估計就算說出口，她也不會聽得明（非刻意押韻）。

　　一如關係，浪漫如星象學的書本，插圖吸引，但一鑽研下去，要理解並不容易，總是容易教人放棄。同樣，找個外表合襯的人何其容易，難在要努力認識另一個人的軌跡、移動規律、星球語言……人愈大，對方的書也愈來愈厚，好難 pick up，所以真的要好好珍惜一起長大的伴侶，容易好多啊！我不敢說如果早幾年認識這個朋友，就有機會跟她到美國修讀天文學，過著 Big Bang Theory 的天才生活，但至少我可以拖累到她的成績，不足以去到外國升學吧……如果早一點認識，我們的確是有著一定緣分的，可惜呀！好，去咬枕頭。

**10**

# Ninja Turtle 基地

介紹！Isa 姐，我阿媽，音：挨、sa。介紹完畢，故事開始。

某日，Isa 姐把衣物放進我的衣櫃時驚叫一聲，我跑入房……

Isa 姐：衣櫃入面有隻嘢呀！

檸：甲由呀？

Isa 姐：唔係！好大隻，頭先佢仲望實我！

情況超恐怖，怪奇物語嗎？我既興奮同時又有點渣底，然後兩母子躡手躡腳地打算在不驚動到那動物的情況下，小心翼翼地打開櫃桶，Isa 姐還拿了一個真空煲作為捕獲器。打開後，毫無動靜，我深呼吸一下，準備數三聲後用最快的方法翻開所有衫，逼那動物狗急跳牆（大概是這類成語啦）……一……二……三！又一聲尖叫，但除了一房佈滿被翻開的亂衫之外，毫無動靜，只是動物的確現身了，是隻大烏龜，是我的忍者龜基地變回烏龜時的形態。全身深綠色的它，在未開房燈的情況下，用它身上唯一反光的白色眼睛瞪了 Isa 姐一下……WTF 啦！

抱歉，我有把玩具收入衣櫃的習慣，尤其是那些兒時玩具。由於不會再玩，但放出來又不太美觀，卻也不捨得捨棄，所以會放入衣櫃。在被大罵一頓之後，我告訴她那其實是她買給我的生日禮物，不！我不打算出溫情牌，我只是告訴她人要負責任，她是被她自己買給我的玩具嚇

到，嚴格來說，都叫自食其果，不能夠怪任何人。自此之後？自此之後，基本上我自己的衣服都要自己摺了，哈哈！

這樣有趣的事，其實也出現過 optional 版本，喜歡的話可以繼續看下去，如果不喜歡，在上一段就停止都可以。

話說當年大熱玩具叫微星小超人，腳下有磁石，令超人可以吸附在雪櫃或其他金屬上，我跟薛晉熙經常把它們站在窗花上，被 Isa 姐見到又會罵，因為試過跌落街。有一日，我正在午睡，迷糊間看見 Isa 姐在我面前把窗花上的超人一個一個拿下，我假裝繼續睡，免得捱罵，直至突然又傳來一聲尖叫，原來是她把玩具拿下時，驚覺其中一隻不是玩具，而是一隻相信是由樓上住戶養的真‧變色龍，不是三一萬能俠與真‧三一萬能俠的分別，那真是一隻真的變色龍，爬下來休假了！哈哈！我有個奇怪的家，全靠 Isa 是本人阿媽，實在令小弟的節目內容生色不少！

# 11

# Deal Card

　　某年夏天，暑假，當時我還是大學生，星期六會在大埔的社區中心教興趣班，由於暑假是旺季，我乜都教，因為我要賺錢。除了零用錢，還要賺多一份，就夠錢可以跟女朋友去泰國旅行。大學時期的我一直過住／著節衣縮食的人生，衣服只穿背心，我連短袖 T 恤那種多布料的衣服都買不起，超可憐！（不，其實 U 記的背心和短袖 Tee 一樣價錢，當時好像 $50 兩件？）那年暑假我開了素描啦、幼兒畫、幼兒畫進階班、模型、紙黏土，一點到六點，五小時直落授課，開發了做 MC 的功能及發現了討厭小孩的性格。

　　放工之後會買個麵包，邊走邊吃，行去大埔中心，Obe 通常都會在那裡等我，有時也會在社區中心樓下接我收工，吃個簡單晚飯後才八點。無視已經筋疲力盡只想歸家的我，見得未夠喉的她為了爭取見面時間，介紹我玩一隻 card game，叫 Deal。其實是大富翁的 card game 版，其實也不太適合只有兩個人玩。Anyways，我們在老麥找了個位置，一玩，就玩了一個暑假，那是我唯一真正學識玩的 card game（以往的遊戲王、數碼暴龍、Pokemon Card 都只是炒賣功能）。卡組內有一隻牌叫「作出反對」，總之對方任何動作，例如「盜取」你的物業，你一出這張牌，對方的動作都會無效化，是這遊戲致勝關鍵的牌之一。

　　我記得那一個暑假，由於多數回合我都會輸給她，不是太服氣的我，有日約了班大學同學去登打士街那幢

cafe 大廈吃飯，去到拿了 cafe 的 Deal，不是為了與其他對手練習，主要目的是從那副牌中偷走了一張「作出反對」卡，放進自己銀包，那下次再輸的時候就可以從自己銀包拿出這張必殺技（我真的好想贏）！為了偷一張牌，而約了十幾個人去幫襯那 cafe，如果我不是 DJ，相信現在大概是計劃周詳的神偷。雖然知道可以自己買一副，但為了一張卡，買一整副牌，太奢侈了，剩下那副牌我又不會同其他人玩。

終於來到決勝之日，就在我臨輸前一秒，我在快餐店大嗌「hold 住！」，施施然從銀包抽出這隻「作出反對」！她笑了好耐好耐，雖然之後我都冇牌可以出，但我又不是要贏牌，我只是想看她的反應而已，看到，就贏了；她笑了，我的心被「盜取」了。從那天起，我的銀包一直都放了一張「作出反對」，有時鬧交時都會派上用場，但有時鬧得太認真會忘記使用。

# 12

# 金田電單車

未能收齊的收藏品，也不想收齊，所有喜歡《AKIRA》的人，應該一開始也是喜歡金田的電單車吧。明明這架電單車歷史比我的年紀還要大，但直至現在，還是比現在的時代更有未來感。原本以為絕對沒有機會入手的超合金 AKIRA 電單車，居然也在 2021 年完全復刻，連漫畫也重新出版。

1988 年的漫畫，翻開第一頁，是經歷完第三次世界大戰的新東京，正在準備籌辦 2020 年的東京奧運，上年還有宣傳片推出，不過可能準備錯了吉祥物，因為在電影裡面，2020 年的東京奧運，是由於事故而未能進行的。比起吉祥物，它更適合做不祥物吧。《AKIRA》的預測，甚至比起瑪雅曆法應驗得更準確。

《AKIRA》在動漫史上佔相當重要的一席位，在 1988 年動畫電影，以高達 11 億日元（是 1988 年的 11 億日元，就算撇除通脹，至今亦無作品能夠超越這個成本）、十五萬幅原畫打造出 80 年代極高水準動畫，將日本動畫製作的標準大大拉高，推出後更立即在西方引起廣泛迴響；日本動畫則因為《AKIRA》製作水準太強而被迫急起直追去競爭。面對被稱為神作的作品帶來的衝擊，漫畫家奮鬥的方式叫「進步」，但進步不代表能夠超越。

先解開沒有看過作品的大家的一大誤解，的確很容易發生的：主角叫金田及鐵雄，不是 AKIRA。故事中的 AKIRA 並非一個實體角色，段落上大概用了一半篇幅去描述大家都想得到 AKIRA，卻沒有具體說明甚麼是

AKIRA。這裡劇透一下，AKIRA 是一種力量，人類科學家透過研究超能力小朋友作為媒介，去接觸並駕馭這股力量，嘗試將之轉為軍方用途，最後當然以攬炒形式結局。

故事中的金田和鐵雄，前者是童黨小混混的頭目人馬，後者是永遠沒有出頭天的二打六，以我們《古惑仔》的語言來說：前者是未做揸 fit 人前的陳浩南，後者即鐵雄是包皮。比起強化正方主角，編劇決定將 AKIRA 給予鐵雄，探究一個自卑的弱者得到力量後的心理轉變。

得到權力後的人從來都好易忘記自己曾經是弱者，並以更強者的資格向強者報復，最終被力量吞噬——這才是《AKIRA》想道出的議題——注意，是道出，不是探討。對作者而言，人類嘗試駕馭自己控制不了的力量，最終必導致自我毀滅，是必然的，不必探討。好了，文章就寫到這裡，現在是對號入座時間。

# 13

# 大獸神

等了二十五年的大合體……2017 年，《恐龍戰隊》二十五週年，1993 年收看節目首播的一班細路，如無意外都已經成為社會人士，至少三字頭，所以玩具商是時候要收割了。二十五週年，由玩具品牌萬代旗下的偏成人向系列「超合金魂」推出豪華版戰隊合體機械人《大獸神》，盛惠 $2,000 以上，雖然老套但老實講句：「你購買的不是玩具，是回憶。」

玩具界近年比較沉悶，大熱商品多數為回憶之作，尤其因為 90 年代初的作品極之出色，而且是細路未需要上無限個補習班、也未有 YouTube，甚至未有互聯網的年代。在沒有競爭對手的情況下，基本上電視播放甚麼，我們就喜歡甚麼，所以有時是不是那機械人設計得相當好看呢？未必，可能純粹「啱 timing」，timing 在所有事情上都最為重要。

這五機合體的大獸神，1993 年曾推出過分體裝，分別為：翼龍及長毛象、三角龍及劍齒虎、暴龍，一共三盒，聰明的分拆發售。根據小弟同學之間的調查，90 年代，家長願意花在細路玩具上的價錢，大約為 $100 之內，所以將一盒 $300 的大合體分拆出售，我們才有機會可以得到這套玩具，而且有些戰隊劇情上是需要每個戰士逐個去尋找屬於自己的武器或機械人，之後才大合體，所以分開幾集去得到大合體，其實幾有趣。

1993 年，我靠努力默書和偷呃拐騙，得到其中兩盒，就差最主要的暴龍，因為我是那種把好吃的留在最後才吃

的蠢細路（直到我細佬出世，到我回過神時，桌上都被吃光了）。即使如此，在買玩具這方面，我也是採取這個次序──最重要的角色！留最後買！我覺得把主角最後才拼上去，這樣是最圓滿的！好可惜，到我下一次拿 100 分的時候，《恐龍戰隊》都已經播完，玩具都已經下架，已經是下一部作品《五星戰隊》的年代了。

汲取了經驗和教訓，在《五星戰隊》播放時，我一開始就買了紅戰士，不過今次，我就只得紅戰士，其餘四戰士就無緣得到了。好鬼居，看著家中《五星戰隊》的一條中國龍，和《恐龍戰隊》其他恐龍，顏色儲齊了，可是得物無所用，感覺有少少九唔搭八，極度無奈。這個感覺一直到中學，每晚都會在玩具櫃見到那四隻恐龍，缺少了隊長，有形無實地站在那裡，一直期待它復刻，直至2017。

要儲齊一套玩具去進行合體這個問題，會不斷在人生發生，可是人生沒有復刻，假如問題這一刻未能夠一次過解決，也不要指望將來能夠解決，更加不可能因為問題製造者突然之間覺得要推出一個復刻方案出來，為你去解決以往的問題。做事要圓滿，不能天一半地一半，爭取的事情，既然缺一不可，一開始就應該向阿媽發爛，爭取大合體，否則就扭計！

# 14

# 山手線

放在包裝內的 Tomix N scale E231 系山手線鐵道模型，我每隔一兩個月就會放出書枱，像放狗一樣。每次看著它跑幾十圈，聽著火車運行的聲音，車頭柔和的橙黃色燈光，心就會靜下來，感覺滿足。

好耐以前開始，已經很喜歡看梁朝偉《新難兄難弟》。第一場是梁朝偉的小時候，在玩具店櫥窗外看著一架玩具火車經過，那時覺得好親切，連睇套戲都有得睇玩具，於是玩具火車就像 Inception 一樣，埋下了一顆小小的計時炸彈，之後再在《Big Bang Theory》入面，Sheldon 那些火車收藏，將個氣球再吹大少少，到《Young Sheldon》的時候，不得了，最可怕就是這些植入式的購物慾，那些劇集之中的小道具，不知不覺之間滲入你大腦。

Sheldon 喜歡鐵路的原因，是因為它的系統分類非常清晰，不同型號、不同功用的列車，以及它在種種方面上的準確性。生命之中已經有好多東西經常變動，能夠有不變的東西，令人感覺安心。我都認同，但比起準確性，我更喜歡鐵道模型的寫實感，幾乎可以將整個城市重建出來，不像一般火柴盒玩具車，一架巴士同一部電單車居然一樣大細，這是我以前玩玩具最苦惱的事。雖然可以用 Lego 補完這個缺陷，但 Lego 的汽車總是得一個座位，則是另一件令我苦惱的事……為甚麼總不能夠做到 100%一樣呢？那麼我要怎樣才可以重現我的城市？假如汽車沒有雙座位，這城市未免太孤獨；假如沒有統一的比例，我

不知道這個城市的系統要怎樣運作，應該當它小人國但是被 M size 的人偷渡入境？還是應該當它多元種族城市？如果我想不到理由，城市就會瓦解，就沒有繼續玩下去的樂趣了。

總覺得大部分玩具製造商都有一種求其其的感覺，好像因為是小朋友玩的玩具，所以比例方面不用太著緊，細節方面不用太講究，但其實玩具是兒童發展想像力的最大工具，他們無法憑空建立一個幻想空間，必須要先倚賴一些已有的印象，慢慢加以改造，才知道這個世界有甚麼是需要，有甚麼值得被欣賞。想要大一點的公園？大廈與大廈之間要相隔幾多才可以有空間感？專業的用語未必知道，但至少捉到個感覺。大家不要太小看玩具的力量，其實是實際得很的，所有產品，仔細留意的話，從細節就可以看出製造者的細心。

# 15

# London Bus

異地戀是一回甚麼事呢？就是你花盡方法形容你的環境，希望令對方也能有 1% 與你共同的體驗，然而，對方腦內構成的畫面，又可能與現實環境超級大出入——這是我在她要求我買 London bus 的時候發現的——明明我讀書的地方是北愛爾蘭，何來 London bus？

那是手機未可以上網的年代，能想像到嗎？

大家的中六、中七，都要離鄉別井，我想去兜個圈，選了最便宜學費的北愛爾蘭，是寄宿學校，一落樓下就是課室；至於她？在里數上毫不輸蝕地，住大埔卻選了港島區的學校，每日一來一回都要兩個半鐘，比起一個學期才搭三十小時交通工具的我，更像個大人。

時差關係，我們每日會講兩小時電話，就在我放學後的兩小時，她臨睡前的兩小時，是我每日最放鬆的兩小時，甚麼都可以聊很久，包括魯賓遜先生（舍監）與魯賓遜先生的狗（他會帶同那大黑狗上數學堂）、昨晚與同學玩的鹹濕摔角、這邊沒有籃球被迫要踢足球、要扮有睇波的故事……這是我幻想她從我形容中知道的，關於北愛爾蘭的故事，為甚麼我這樣不肯定呢？因為我所接收到的，關於港島的故事呢，大概是她在新學校裡有個口花花的男同學、有個來自土耳其的交換生靚仔、她朋友的表哥好像想向她表白……看？我估計她對我說的，應該還是有很多其他的東西，但在我腦中比較深刻的，基本上都是對我自己比較有威脅性的故事。

　　為了排除這個威脅性，我當時自編自導自演了一個虛擬的風暴，訛稱在當地結識了一個女同學，鄰校的（因為我是男校的），好多共同興趣的⋯⋯希望可以為她帶來一點威脅感，當時一心想著這樣比較公平，但我沒有聰明到可以分析到，其實這樣是更加愚蠢。首先，我沒有得到任何好處，純粹為她製造一點不安感，希望她緊張我一點，但其實真的超危險；其次，如果她決定把我送給那個虛擬女同學，就真是一個非常白痴的故事。

　　這個小事端，玩了大概一個月，最終因為我講錯那個虛擬人的名字而被揭發。廿四個月裡面，鬧過無數次因無聊事而引起的分手，又和好過 N 次，我和她最幼稚的那一面，應該都在對方面前發揮得淋漓盡致，所以已經沒有甚麼需要隱瞞，除了掛念。我們後來分手後，學習隱瞞了自己的掛念，但欺騙不了自己，也欺騙不了對方，這樣說起來，就好像仍然是很幼稚。

　　London bus 買了好多架，即使我多次說明，她仍夾硬堅持北愛爾蘭是英國的一部分，是但，買到都大學畢業還在繼續買，買到《反斗車王》出到第三集，故事居然去到英國取景，仍然是兩個一起入場看，看完又去反斗城找一找，要是沒有 London bus，買架 Mini Cooper 都好。這兩個幼稚的人，不會長大，就算長大要分開都好，我們有異地戀的經驗，鬧交之後會和好，不怕分開。總有日，又團圓，異地戀多陣。

# Meow 扭蛋

每次收拾東西都會在枱面出現了好多貓，有帶著獅身人面像頭箍的、拿著卡片在鞠躬的、正在玩弄自己的金玉的、明明是貓但咬住骨頭的……明明都未養過貓，我也不知道為甚麼對貓有一種莫名其妙的偏執，我絕對是那種覺得「人類好討厭，動物好可愛」的愛護動物人士（除了魚，魚真的太醜樣）。可惜我對貓敏感，亦可惜 Isa 姐有貓敏感令我有貓敏感，而且 Isa 姐討厭貓。我曾經與 Isa 姐進行過辯論，為甚麼她喜歡多啦 A 夢但可以討厭貓，殊不知她反問我為甚麼喜歡米奇但可以討厭老鼠，於是我便收了山。

無論如何，養貓，都似乎是長期內不可能進行的事，反正我也認同寵物及嬰兒都比較適合在別人家放養的主義，久而久之也沒有了要爭取養貓這回事。雖然有時會畫隻貓陪著自己，每次看見貓扭蛋也仍然想買，想家中的每一個 figure 旁邊都有一隻小貓陪伴，好像好溫馨的畫面，自己得不到也想為自己的玩具爭取一下，但也質疑這種心態是不是有點像怪獸家長。

不過比起養貓，曾經和朋友說過更想做貓。與其說貓是一種非常好奇的生物，不如說牠有能力引起他人的好奇。對於貓的動作、一舉一動，我的確非常有興趣，到底貓一日都在做甚麼呢？因為好奇到不得了，所以以前會自己玩一個遊戲，代入貓的角度，觀察世界，到底這完全不需要工作的混蛋，可以怎樣將世界都看得好化一般，看著窗口可以看一整天？我有個朋友家中的貓還因為嘆住冷氣

看風景看到感冒呢⋯⋯正一白痴，康復之後，又繼續望風景了。關於身體健康？嗤之以鼻，Life is just a joke to them，好像已經決定好要過舒舒服服、短命的一生。你有沒有看過貓洗澡？不停舔自己的身體，會吞下自己好多毛，之後會作嘔，嘔出一個毛球，然後自己才玩自己嘔出來的毛球。我第一次見時，笑到黐線。世界上大概沒有更加親力親為又環保的娛樂了。

不過也不是每一次都是有趣的體驗。我記得最後一次玩的時候，應該已經是在中學時⋯⋯曾經有段日子，學校裡面有隻自來貓，由於中學的女生看見任何可愛的 2D 圖像都會尖叫，一隻 4D 的貓更不用說，每朝都會被女生們包圍。從五樓走廊望落去，偶爾都會看見那貓仔的苦況，如果我是那隻貓，每朝都要在女生們的裙底下穿穿插插，看著一條又一條沉悶的 PE 褲，實在是一種令人氣餒的畫面。都已經大熱天時，完全違反校裙通風的設計，還要在自己的頭上經過，簡直好像穿梭於充滿屏風樓的城市之中，抬頭想望望白雲，望到的卻是人類的裙底，又不是自己的物種，就算畫面香艷也不懂欣賞，感覺就好像人類入到森林，被十隻穿了 PE 褲的異性猩猩包圍，應該都不會有一絲興奮吧⋯⋯想到這裡，從此我就再沒有過代入貓的遊戲了。原來世界上所有物種都有自己的煩惱呢。

但說到底，為甚麼我會因為自己設計的遊戲，在幻想體驗之中感到氣餒，到現在我還是非常好奇，可能中學時代的我實在太悠閒了。

# 17

# Yomega Fire Ball

在 TVB 播《超速 YOYO》之前，港漫《coco》（已結業）曾經連載過一套叫《勁力搖搖王》的香港漫畫，聽名已經知，不是大 hit 之物，但故事中主角用到的 Yomega 品牌 yoyo 早早登陸香港，各大書報攤、超級市場有售，售價為 $25-$75 不等。作為細路，望住街頭風極重的 pattern，會有一種超越自己年齡層的感覺。

我第一個搖搖叫 Fireball，外圈透明紅，內圈黑色，燙銀 pattern，漫畫內叫火焰球，買到手後還發覺自己未夠高玩，搖搖繩太長，要吊高隻手才放得盡條繩。幾年後，《超速 YOYO》繼四驅車之後，造成一個兒童玩具界大潮流（這潮流兩個回合後被即將被激鬥戰車取替的爆旋陀螺取替），同時亦是集體美感大倒退。

《超速 YOYO》時期，各選手依然採用 Yomega 搖搖，但香港官方推出的玩具卻完全不同，是本地生產，印了主角頭像及搖搖型號的中文譯名。90 年代，連細路都知，日本玩具就要買日版，有中文在上面的叫做翻版，而且排版、字型都好醜樣，兜口兜面印上「極速羅素」，字型是粗黑體，粗黑體又有幾有速度感呀？「智慧之星」的另一面印了個黑古勒特肥仔，不是歧視，又黑又肥有智慧，冇問題，醜樣乃是問題！個肥仔還戴住串好短、短到束住條頸的佛珠（請自己 Google），好心啦！假如想玩偶像路線，肥仔好明顯是實力派吧……Key & Peele 的 Jordan Peele 都貴為一位當代的智慧之星，但印了他頭像的 Tee 我不會想穿，更何況玩具！對細路來說，玩具

可是比衣著更能突顯自己的品味！除非你的購買原因是產品好好笑，那麼我們還做到朋友。

　　玩具是培養細路美感和想像力的工具，我相信爆旋陀螺的三尖八角跟同時代飛輪海初出道的髮型不會完全無關連的。偶像模仿的心態幾多歲都存在，不同的模仿，只是模式上的轉換，揀大佬跟，可以跟衣著、談吐、小動作，但終歸還是要看看有沒有跟錯大佬，如果閣下大佬都知你的存在，反利用你的崇拜而推出次級商品，幫助你成為 A 貨大佬的話，走啦！

　　Yomega 的 Fireball，以搖搖段數來說，算是初入門搖搖，但在《超速 YOYO》熱播的時候，Fireball 仍然贏得不少 eyeball，可能是形象上贏七條街，也可能是與市面流行的 yoyo 大有出入，以稀有性取勝。潮流感要從小培養，找一個方向發展，跟潮流地靚，或別樹一格地醜也是 ok 的，但跟住醜的潮流醜，就真的好戇居。

**18**

# Star Wars

喜歡的人會當寶，不喜歡的人完全不能理解。事實上《星球大戰》系列的故事，作為粉絲也必須承認，實在不太吸引，它是宇宙版的莎士比亞，即是一些關於權力、血脈、貴族、禁忌之類的東西，就算加入了好多太空元素、軍事枝節，添上近年最常見的彩蛋，也逃不過系列裡面老掉牙的題目，原因就是那個以對抗唯一反派為中心的理念。昔日的帝國軍，今日 reboot 新集數的 First Order，其實沒進步過，是一模一樣的，毫無因由地要統治宇宙……70 年代或者可以，到 2020 年，黑帝還要復活多一次，又要 rule the galaxy，只是輕微想一想都覺得好累人，而且我要看關於渴望統治宇宙的組織，看一看鄰國的新聞就可以了，根本不需要入戲院。

作為看日本動漫長大的一群，日本的動漫科幻作品，是把作品化成玩具的商業活動，而《星球大戰》系列呢，正正相反，是把玩具化成作品的遊戲。看著那些拍攝紀錄，佐治盧卡斯用大量玩具，組成一部電影，連 story board 都像漫畫一樣，整個世界觀，幾乎沒有任何一個角色或事件貼近現代感，連太陽都有兩個，但 Star Wars 的設計不是世界觀，是宇宙觀，而且是有點霸道的宇宙觀，例如所有人都會聽得明機械人奇奇怪怪的語言；又例如某些星球的種族外貌奇醜，明明連尋找交配對象都好像有點難度，卻可以有下一代；一般故事中的戰隊，戰士外貌大多比較像人類，他卻能夠將一隻墨魚，變成其中一個戰士的頭部，而且是將軍，而且沒有半點搞笑成分。好過分。

受大家寵愛的戰機型號，千歲鷹，是創作者在快餐店的時候，根據漢堡包的形狀繪畫出來的，那種不對稱的設計美學，直至今日，依然是相當大膽的設計。由於人類有對交通工具固有的認知，基於風阻及力學方面的考慮，所有前進的交通工具大部分都是對稱的，所以在故事中這一部被稱為極速的不對稱戰機，其實是扭轉了所有人對於交通工具的概念，直頭要你無視力學，而我很喜歡這種無視宇宙規條的創意。

仔細想想就會發現，Star Wars 中有很多 bugs 都說不過去，為甚麼像滑嘟嘟星人的 Jaba 會想要一個比堅尼人類在自己身邊呢？明明在外星人的眼中地球人也是外星人，好難被另一種生物的性感吸引吧？明明是如此高科技的年代，沙漠中的白兵座椅卻是一隻動物；但其實他似乎毫不打算要說明每一個細節，因為這是一個細路玩的玩具，搬上大銀幕的過程。

有一本動漫 Physics 分析書，叫做《空想科學系列》，將一些動漫出現的招式、科技，以現實世界的知識和規則來分析，看看可以如何實現。例如高達的設計，要起飛是不可能的，但我估計有一天是可能的，日本那部一比一的可移動高達都就快完成了。人類科技每日都在進步——只要我們無視一些空談的人。當每個人都告訴你不可能時，我們要好好無視這些人，將創意發揮到極限吧。

# 19

# Wing Zero

記憶模糊，我已經有好耐時間沒有砌過 MG 的高達模型了。你知道高達有分幾多款嗎？你知道模型有分 High Grade、Master Grade、Perfect Grade 嗎？Obe 知道，是由我一手訓練出來的，在與我走過全香港各大小模型店之後，她對模型的知識已經相當豐富。在分開的日子裡，她說有好多男仔追求她，原因是她能夠區分每一隻高達及朦面超人的名字，令人覺得非常賢淑，所以我就說嘛，知識，學了之後，從來都是入落自己袋的，然後我們又在電話中笑笑罵罵了半晚。

她是那一個會陪我去找，居然意外地難買的綠色背心黃色高筒波鞋，讓我這個白痴仔可以低調地，在沒有人知道的情況下，Cosplay Gundam Wing 的駕駛員希羅尤的人，也是那個在我大學畢業的時候，送上自由高達，寄語我日後踏入社會依然可以自由地飛翔的人，老套奇怪，但用高達名字來寫詩，又未免太可愛，又浪漫，我受落到不得了。當人人都拿著一些其實他們也不太喜歡的畢業毛公仔的時候，唯獨我一個，拿著一盒勉強釘著畢業帽在上面的高達模型，搶眼得很。

Master Grade 的 Gundam Wing，好像是十七歲的生日禮物？也好像是十八歲的生日禮物？是我第一盒最界心機砌的高達模型。以往只會用墨水筆滲線，但從女朋友手上得到的禮物絕對不容忽視，那兩個星期，我每晚回到家裡就是通宵砌模型，連電話都沒有時間講了。買了從來未用過的噴罐，一隻高達至少買四隻色，紅藍黃白，當

時每隻色都最少 $30，都已經可以買多一盒模型了，也因為這盒高達，將我帶入模型製作的完全另一個層次。

從素組到手塗、到用噴罐、到噴筆，模型愈砌愈細隻，因為愈細隻就愈考功夫，就這樣，一隻又一隻作品出世。無憂的年紀，但的確也只有學生才有心力時間砌模型，踏入社會後，錢愈賺愈多，時間愈來愈少，層架上的模型慢慢變成一隻隻完成品，要儲齊的玩具，基本上都沒有需要作買入與否的考慮，要就買，買完擺好動作，放上層架便完結了。

有日，她說我現在只會玩 figure，但她是比較喜歡那個會砌模型的薛晉寧。我記得她說過：「你已經唔會再花心機去做一件小事喇，真係有啲掛住嗰個一路食飯一路睇說明書嘅細路……」好像是的，一開始我只是一件一件零件拼著，完成品規模也一點都不大，玩具也是，工作也是，但一定是自己喜歡的東西。好像忘記了呢……不要緊，彎腰拾回吧，我不需要被全世界欣賞認同，我只要在妳的小宇宙，做最喜歡的人眼中最喜歡的薛晉寧就可以了。

這篇真的很勵志呢！那麼，我現在去砌模型了。

# 服装部

# New Balance 1400 Made in USA

撇除小時候被遺忘的球鞋款式，這是我的第一對 New Balance 球鞋，明明以往對這牌子的球鞋都無太大興趣，它的球鞋鞋款，不就是一對普通球鞋，配色平淡，細節一般，沒有特別 crossover，連代言人都好像……好像沒代言人，那麼這對是怎麼出現在鞋櫃呢？

它是 Made in USA 的灰色絨面 3M 反光 N 字 1400 型號，是初踏入社會時，第一次與女朋友去東京，在裏原宿的一間地下球鞋店，以當時天價（對我來說）19,800 円購入的。我記得該趟旅程，我們每人只有大概 70,000 円，所以以 20,000 円購入一對球鞋絕對是相當衝動之舉，但女朋友說這是成熟的行為。

「如果買 Air Force、Superstar 或者其他中低價鞋款，根本唔使山長水遠嚟裏原宿吖，既然嚟到裏原宿，就帶走一對比較罕有嘅先至抵番條數，加上其他牌子你全部都擁有過啦，係從來未買過一對以舒適為賣點嘅鞋。灰色，又沉實，簡直係成長嘅見證！二萬円我覺得相當合理！」當然我聽完仍然覺得相當不合理，眼前這個只是被購物氣氛沖昏了頭腦的女人，又明明我本來不算超級喜歡，但只要被她包裝過，所有平平無奇的東西總是變得超級吸引（其實是她比較適合做 DJ），於是還是乖乖付款了。直至後來有第二個女朋友，再一齊去到日本，再一齊遇到同一樣背景但正常點的情況，才知道以上這番說話來得多麼離譜得珍貴。

不是必然的。即使她被購物氣氛沖昏了頭腦的時候，也不是要買東西給自己，只是想你買一些她認為幾適合你，然後買完你又會幾開心的東西，絕非必然。因為任你數學再差都應該知道，一齊去旅行，我用多二萬，她就少了二萬彈藥，但她還是先以你的快樂為優先考慮條件，在她的世界，根本不講 balance，因為你，她願意偏頗言論，而這種偏頗甚至來得比思考還快，還來不及計算未來旅程所需，就已經支持著你草率下決定了。跟這樣的人一起超危險，因為她只在乎眼前一刻，但同時跟這樣的人一起超安心，因為她只想眼前一刻的你快樂。

我們無法估計明天景況，你可以準備，亦可以為任何人努力，成為任何人所期待的人，但一齊成長的意義，並不是一味期待未來的對方。無論未來的你有多狼狽，昨天的你如何風光，陽光燦爛還是大雨滂沱的日子，身邊是你，日子一樣可愛，便宜的快樂一樣快樂。不過要得到這種感覺，一點也不容易，或者是識於微時的專利。

她見證著我的初版：最窮、最不好賣、最少配件，但同時亦是最簡單、最無憂無慮的我。全世界，就只有在這樣的她面前，可以毫無保留地做最真實的自己。無須推對方進步，因為大家每日都一齊進步，雖然有時都會為未來擔心，不過一句：「唓！最多咪又係好似以前咁！」就已經將我的擔心一掃而空。因為無須要擔心，所以可以勇往直前。

　　直至現在，我的鞋櫃裡面，永遠有一對灰色1400，著爛一對，又買回同一對，不過其實都不太常著，因為已經絕版，太難買，只是每日出門口之前，打開鞋櫃，我都可以看見這一對鞋，我會記起我們一齊非常快樂的日子，然後我會做到她最想看見、做所有事都非常努力的薛晉寧。我會記得她如何形容這一對鞋：「成熟、罕有、舒服。」我希望能夠在自己身上找到這三個元素。以上。

# 21

# 間條服

藍白間條衫是我的標誌。第一件藍白間條衫是在暑假時，和女朋友一起去東京旅行時買入的，是她放入購物籃的。那天大型連鎖成衣品牌 Wego 減價，由於要買夠 5,000 円才可以退稅，還差幾百，於是女朋友替我選了這 1,000 円之選，當然我還嫌悶，但女朋友說藍藍白白都是我的顏色，就買下了，還穿著這件 Tee，在東京拍下了無數超愉快的回憶，某人得得戚戚地說：「好彩我叫你買咋！」

後來我們分手，我自己去了東京，同一間舖頭，又買了三件一模一樣的藍白 Tee。她也自己去了東京，問我有沒有想要甚麼，於是又買了兩件給我。再去東京時，店舖已換季三轉了，我的間條 Tee 狩獵之旅正式完結。那一兩年，我已經在公司每日被質問為甚麼不肯換衫呢？間接樹立了污糟邋遢及間條君的形象。其實不是我不肯換衫，我每日（可能是每兩日）都有換，不過我有五件同款，像校服一樣而已（說起來我的校服也是藍白間的⋯⋯）。

冬天來到，不能再穿短袖，我就在入面穿長袖，總之我就是不想換款式，到後來太低溫的日子，我屈服並買入了一些長袖款、褸款的間條服，我依然是間條君，形象鮮明到聽眾開始寄間條 Tee 給我，品牌也開始送間條的東西給我⋯⋯我有時拍下照片後想講：「其實我大部分時間都只穿那件間條 Tee，所以不用破費買其他給我啦。」但好像不太客氣，所以沒有打出來。

　　我知道世界上的間條服一點都不罕見，即使成為代言
人也一點都不特別，但我那一款的確不會再找得到，所以
我很珍惜我衣櫃入面的每一件。她為我選的，我當校服，
日日穿。穿著會記得我們一起讀書被罵的日子，也記起她
陪我在自修室做作品求職的日子，亦記得我第一次站在台
上謝幕時，如何落力搜尋她的樣子。我既不罕有，也不特
別，好感謝從來都是妳令我變得特別。

# 22

# 501

中四、五算是中學生涯比較富裕的年紀，因為要補習，每個月都有一筆補習費，而我發現即使補習後，我各學科都沒有任何飛躍進步，與其期期交錢給陌生人買開心那麼不孝，我認為自己做決定，離開補習社，拿補習費去給自己買開心，才叫用得其所。基於孝順，我開始停上補習班，將補習費投資於時裝，學習潮流，也是學習的一種。

有這種想法的人不止得我一個，中四開始，潮流開始進入大家的生活，有同學開始著全黑 Air Force 回校，也有人為了抗衡 Nike，買了全黑的 Stan Smith 之後才發現全黑的 Stan Smith 實在太似普通返學皮鞋，其實沒有購買的需要。如是者，每天都有同學買新貨回校，亦每天都有人後悔買錯貨。當時有一個團購 forum，叫 2000fun，都可以叫見證時代之物。當時有一個潮物團購的潮流，可以說是代購，但網購當時並不算很流行，所以可以團購的潮物款式不算多，我記得有 Porter、Red Wing、Dickies workpants 幾隻色、Levi's 501 幾隻色，而 501 是我的其中一個錯。

大概每班都有個 fashion icon，我班的叫龍哥。龍哥一身潮物，配襯得宜，是同學學習的好對象。龍哥有一日叫大家一齊開一團 501 團，一人買一條，十五人就成團，認真程度差點要落圖書館打通告，再到校務處偷校印 chop，然後明日交錢交回條。事實上，除了校印，我們真的做齊其他程序，在沒有 Google form 的情況下極速收集好大家的尺碼，收齊錢，兩星期後到貨，我驚覺居然

是有洗水版本！我還以為是《律政英雄》中久利生公平著用的洗水破爛貓鬚 501，龍哥卻說那是 LVC，貴五倍左右，超失望，但五月天說「就算失望，不能絕望」，這是我鑄成下一個大錯的序章。

　　買不起洗水牛，但都叫有條牛，那麼洗水就只是工序，於是我自己買砂紙、挑線頭、磨洗水，希望製作出一條自己心目中的洗水牛。未學識 less is more 的中學生，洗完水，還想再加 details，在美術室偷了白色塑膠彩回家，準備為後面褲袋加 pattern，當時米原康正的水著球鞋女 tee 正熱賣中，中學生受到啟發，想畫一個女人。未識 Photoshop 的學生，做了一些 research，找到些極容易勾畫出輪廓的女性面貌 pattern，練習多次後，終於成功將我的 501 完全改造！捺不住傲氣的藝術家立即拍照上傳分享，然後龍哥問我：「做乜喺條 501 度畫個 Hysteric logo?」是的，我畫了另一牛仔褲品牌的裸女 logo，好明顯，藝術家做錯 research，繪畫時完全沒有留意圖片來源，於是又立即刪除圖片，將條褲毀屍滅跡，並立即買過一條沒洗水的 501 假裝蠢事從未發生！十幾年後，這條 501 並沒有天然地變成洗水牛，它只是均勻地褪色而已，美麗的天然洗水 100% 不存在。以上是我操牛的小故事一則。

# 23

# E.F.S.F. 地球連聯軍軍服

我很擅長在平時購物時精打細算，用到 staff discount 再額外折扣連同信用卡優惠去節省一點小錢，然後在網上因為一點一時之快的理由豪花一筆巨款，買入昂貴的衣服。通常之後都會後悔，未試過上身，不是錯色就是錯 size，而 E.F.S.F. 地球連聯軍軍服是其中少數一件即使買錯 size，我仍然覺得沒有買錯衫的寶貴購物經驗。它是本人衣櫥裡面最貴重的一件外套，是 Bandai Fashion 的出品，動畫《Gundam Unicorn》中的地球連聯軍 E.F.S.F. 的軍服，盛惠三萬円（其實不算貴，但本人對置裝費比較孤寒）。

嚴格來說，它是一件功能性 Cosplay 服。一般 Cosplay 服是欠實際功能的，但它是一件夾棉多袋軍褸，至少具備保暖功能，本身設定上已深深吸引著我這種偽 coser。作為一件商品，市場定位相當重要，一個夠自信的人，才夠膽 Cosplay，而 coser 會自己做衫，基本上不會花巨款買一件現成貨；作為一個不夠自信去 Cosplay 的毒男，一方面非常憧憬 coser，但一照鏡就充滿自知之明，於是口裡說不，但心裡依然有一個 Cosplay 夢，所以這一件不是 Cosplay 服的 Cosplay 服，完全滿足到這一種刁喬扭擰的粉腸。我不敢 Cosplay，但這件是官方推出的紀念商品，這樣不算 Cosplay 吧！處於一種進可攻、退可守的狀態，實在是心計算盡、幾自卑又想自大的麻煩友，正是本人！打從在網上遇到一刻，已經覺得像照鏡一般合襯，比起諸葛亮得到羽扇，更貼切的形容是⋯⋯像超級諸葛亮得到超級羽扇。

作為一件卑鄙的軍褲，甚至在軍階上，也準確地拿捏到恰到好處的定位！它是膊頭兩粒星的軍褲！兩粒星即是最理想的中層管理人員，七人之下、萬人之上那一種。有下屬，但當下屬怪責我給的命令太過嚴苛、工作量太多的時候，我可以將責任卸給上一層，指是上頭的指示！而當上頭責怪我工作表現的時候，我還可以選擇——

A choice：
包庇下屬，指責是再對上一層的上頭的指示；

B choice：
責怪下屬太過無能，回去我會好好管教！

實在是不知廉恥的軍階，絕對適合依戀權力又逃避責任的人。好賤格的軍褲！

再一次，因為本人對置裝費比較孤寒，要使三萬日元，以上這些理由，是很必須的。

**24**

# Montgomery Ward Army Jacket

我在沒有 Wi-Fi 的年代買入這一件古著。為甚麼要強調是沒有 Wi-Fi 的年代呢？因為如果有 Wi-Fi，我就可能會錯過這件軍褸。這件軍褸的牌子叫 Montgomery Ward，上網翻查資料，有兩個介紹：1. 尖沙咀世界商業中心的英文名；2. 一間只做美國國內生意的公司，是一間建築公司⋯⋯似乎兩者都不是，直到我找到很偏僻的 eBay 拍賣項目，才發現這牌子是真的曾經存在過，活躍於 60-70 年代，而我所謂的「活躍」，僅代表它當時有推出商品而已。

他們推出的商品主要都是 Made in Korea，非常明顯地，不是這一轉韓流底下的商品，況且我買入它的時候，大家連 GD 都還未聽過。記憶清晰的話，當時仍然是 Lady Gaga 的天下，連永遠 21 都未進駐香港市場，大家仍然是 H 與 M 的忠實顧客。現在這牌子剩餘的商品主要在 eBay 拍賣，美之貨色，但價錢又不太便宜，$300-$700 不等。我這一件是在古著店美華氏季尾清貨時購入的，我承認有一半購物慾是因為鬼揞眼，不過要買，總找到無限理由。

Isa 姐（我阿媽）其實一直都非常反對古著，她不能夠理解明明價錢都差不遠，為甚麼要買有瑕疵的二手貨？而古著迷總找到無限理由，我不知道你的理由是甚麼，不過我自己呢，就一直覺得古著店的好處是有買手幫你先選擇一次，你再選擇時已經叫精選！有時我都覺得自己實在太正面，明明所有時裝店都有買手，基本上你所有看到的

商品，都是被選擇過的，與是否古著店無關，而且從來未考慮過，就是因為上一手買錯衫，所以現在我才有機會與它在這裡相遇，我一次都沒有選擇過這個可能性，的確相當樂觀。

這件超級 oversized 軍褸，其實好多煙頭窿、好多油漬、好多甩線、斷橡筋位，但當時顧客（我）覺得：YES！就是這樣！這才是充滿故事的古著！而我沒有一絲懷疑那故事可能是來自一個住籠屋的死宅，生活污糟邋遢，經常被人用煙頭彈、大褸上的油污並非重型機械，只是食叉飯時被豉油沾到、阿媽拒絕為他再補破洞，自己就連基本針線縫紉也不會的一個 loser，當時我心入面只想：「嗯！一定是打仗時被坦克車濺起的機油彈到，口袋位中過子彈，而且危急關頭時，曾因救助差點跌落山崖的隊友而弄斷過衣袖橡筋，否則不可能這麼殘缺不堪！」再一次證明！這位顧客做人相當樂觀！加上愛上一件東西，其實是不會介意它的任何 condition 的。

不過，真相其實都不太重要，生活上作點故事，呃呃氹氹，自己開心。如果你又樂於去相信，又覺得可以令你件衫價值提升，除笨有精呀。反正衣服以前經歷如何，非你控制範圍之內，但現在你才是它的主人，一齊這段時間入面，再添上哪種新故事，則由你自己話事。如果想有將來，最好別太在意從前。

我將以上的感人小故事告訴 Isa 姐（我阿媽），終於成功令她明白我買古著的原因，但仍然拒絕批准它與其

他衣物放入同一部洗衣機，而且不是第一次，是每一次。直至現在，我仍然要山長水遠地把它帶到樓下的洗衣舖乾洗，大大話話都有十年，假如每年我都洗一次，每次 $70，十次就 $700 ，我這件 $300 的古著，現在已經是 $1,000 的大褸，所以你問古著會不會升值？當然會！而我與 Isa 姐的戰爭，仍然持續進行中⋯⋯

# Gregory 書包

八十尾九十後的書包名牌，排第一應該是 SPI 護脊書包，排第二才是 Gregory 吧（我估）。中學年代見被發姣的男生吹捧的紫綠碎花竟然用在男裝大背囊上，突然覺得是中性打扮崛起的時候了！去它的剛陽味！那是山 P（山下智久）當道的發姣中學年代！G-shock 要 shocking pink，波鞋物料要漆皮，書包要紫綠碎花，作為沉色背囊，已經很收斂，現在想起大家當日一身潮流打扮，還真是相當災難。

時裝其中一個永久不變真理：所有流行物品若然某年突然大 hit，他朝必定有日突然大 out！是不需要 fade out 的過程的。你還記得燙金 Tee 與 Visvim 石膏拖嗎？到現在小弟仍然非常慶幸自己中學經濟能力不足，未成為當代潮童（我相信近年無啦啦大熱的鱷魚拖也一樣），不過某些當年錯過的品牌，就像玩具一樣，成為了童年遺憾，Gregory 也是其中一員。2015 年，Gregory 全線產品啟用新 logo，舊 logo 由 1994 年起用到 2014 年光榮退役，大家再沒機會買回當年的書包，而我手上的，是在轉 logo 前一年，偶然在高円寺的 Vintage Vanguard 遇到減價買入的，明明高円寺是住宅區，竟然買到平貨，除了緣分，我寫不出其他原因。

作為一個背囊，假如被稱為書包，是不是比較可愛？一件有型之物，若然被以「可愛」一詞形容，是對它的一種褻瀆，但 Gregory 背囊，早已被褻瀆，不再有型了。早在知道「原來王宗堯的英文名也叫 Gregory」之前，

Gregory 已經是老 MK 的品牌，但老 MK 非貶義詞，還是有種有情有義的老套的。

　　品牌是死物，而且出來出去，新款式其實不多，照計是不會無緣無故就變 MK 的。以前變 MK 主因是愈來愈多人用，有人就有 MK 人，但繼續數下去就要為 MK 定義，而問題是 MK 其實是沒有定義的。它是一種意識形態，你靠感覺釐定他人的 MK 指數，毫無準則，隨時代改變。有沒有想過，明明 Gregory 曾幾何時都叫有型品牌，假如 MK 仔都一齊轉用，怎麼不是集體品味提升，反而是搭沉船？截至 2018 年年尾，MK 穿搭新指引由送喪 x K pop 造型漸轉 Trap look，所以很可能到最後道理是，多人用，就叫 MK，與產品美學無關。這想法其實好多人都有，換句話說，這想法其實都好 MK。

　　隨著兆萬、潮特隕落，MK 文化相繼溝淡，潮物交投由水貨舖移至網上，有鞋就抽、抽完就排，地球貨源流通了，選擇卻好像更少，以往連碎花 print 背囊都要去瓊華撲，等新貨返，被老闆白鴿眼，都算一種樂趣，現在去 Overlander 基本上齊款，甚至到官網 click 個掣就送到上門。大家又是否覺得世界變得比以前有趣呢？明明款式增多了，但大家好像還是撲來撲去，都只是撲一兩款，MK，真的不再存在嗎？不准 judge 我！我的 Gregory 是舊 logo，這叫 Vintage，才不 MK！

p.s. 兆萬真的很隕落，直至現在的招租海報上你仍看到
　　 Air Max 97 Neon。根據海報發黃程度及排版方
　　 式，我有理由相信是初代的 Air Max 97，宣傳標語
　　 為「潮流衣著，盡在兆萬」。假如拍 90 年代電影，
　　 你知在哪兒取景了。

# Orlando Magic 球衣

　　我在一幢唐樓內的 NBA 球衣店逗留了快將一小時，考慮要不要買一件球衣品牌 Mitchell & Ness 推出的復刻版的 94-95 年度，Orlando Magic 1 號球衣，Tracy Mcgrady 的球衣，又名 T Mac。其實我從未見識過 T Mac 球技，只聽講過 T Mac 同姚明幾 friend，但因為我同姚明不算太 friend，所以同 T Mac 都唔算 common friend。其實無甚麼特別想支持的理由，總之我就是想要這件藍白間的籃球背心啦！夠任性沒有？

　　喜歡買球衣，本身已經是「攞嚟賤」的嗜好，一件波衫，賣成千銀，明明只不過是一件背心，而且無袖（連雞翼袖也沒有），以衫一件來說實在太貴。這是我站在別人舖頭一小時，寫這篇文章的原因。放棄原因有好多，買入的原因除了想要，基本上冇，又不是球迷，又不特別喜歡 Mcgrady，連想買的球衣也不是主場那件，回憶可以說是零……零點三？

　　中二開始流連 Yahoo 拍賣網之後，都曾經 bid 過一件 Champion 的球迷版 Magic 球衣，當時購買原因清晰得多，首先因為藍白色，然後是在三十隊 NBA 球隊名入面，我只知道 Magic 意思，最致命的是同學買了，所以我就想買了，人有我有，$250 買個安心。不過當人問我買了哪位球員的時候，我望望球衣上的繡字，就答人：「Magic 個 Orlando。」錯呀！人家球隊叫 Orlando Magic！球員叫 T Mac！我的答案等同被問「lunch 食

咩？」我答：「麥記個 Donald。」而非正確答案「Big Mac」一般戀居，現在回想依然尷尬得很。

　　一談得深入一點就會露底，至於 Magic 的球衣嗎？我只是單純地喜歡藍白間的東西，直至現在，我對球衣的知識絲毫沒有增長過，但廉恥之類的枷鎖，我早就拋開了，你看我可以站在人家的舖頭一小時以上，寫一篇千字文告訴你我對 NBA 毫無概念就知道⋯⋯不過寫了一千字，如果不買下這件球衣，文章就不成立，就不可以放入 M78 系列，那麼以上一小時就花得毫無意義，所以惟有買⋯⋯然後買完之後再被同一班中學同學問起今次又買了哪位球員之時，今次我醒目地回答：「都係嗰個，T Mac！」然後附上照片供各界欣賞之時，今次大家的回覆是：「師傅，呢個係 Hardaway 喎！Penny Hardaway 喎！」原來是同一隊球隊，不同年代的兩個一號球員。我果然還是垃圾。

# 27

# Jordan 1 Bred

都說了非球迷，在這身分底下，任何與籃球有關的購物理由，都欠缺簡而有力的 standing point。雖然 Jordan 已經超越籃球用品，但說它是時裝，又未免太濫，說是潮流，一件貨品潮到推出無限配色、復刻 N 次，就算幾潮，都好流。與其說 Jordan 是一種潮流，炒 Jordan 其實更加流行。Jordan 任何代其實已經不太有型了，至少以品牌形象來說，的確給人一種 Jordan 就快收山，好趁臨尾幾年快快手手搵夠退休金安享晚年，勾起了「即使將來留底，都係一份保障」那個保險廣告的印象。

人每做一個大大小小的決定都影響著自己性格的構成，而成為大人後如果不去刻意改變，由於性格已經構成，所以所有決定都是強化性格的舉動，當中包括你決定怎樣看炒波鞋，和決定怎樣看波鞋炒家，兩者是截然不同的——前者是現象觀察，後者是道德批判。假如混淆了，就會掉入觀點一面倒的情況，看法就會被情緒覆蓋。

現象是有賣因為有買，假如顧客不存在，連賣家都不存在啦，更何況炒家？但可以肯定的事，港人對炒家是痛恨的，為甚麼他們既不是產品開發商，也不是發行人，亦不是代理，但不用花一分一毫，就可以獲得比商品本身更豐厚的利潤？因為他們有賣點。別誤會，並不是歌頌炒家，我只是覺得不論他用甚麼方法得到如此龐大的貨源，都歸功於他的人脈、方法、時間，以上都是發展這門生意的成本，就算他只是「有個 friend 喺水貨舖做」，都是人脈，是有價值的，是他有而你沒有卻需要的東西。況且

炒家的存在，某程度是這雙球鞋的價值肯定。如果不是這個數字，你還會覺得這對球鞋好罕有嗎？話說 2018 年年尾的 Jordan 11 Concord 發貨量超過一百萬對，罕？有幾罕？雖說這對「炒唔起」，但「炒唔起」的定義只是「炒起得唔夠多」，事實上一樣穩賺。

炒家的存在，也是你購買此貨品後得到的虛榮心之一，試問穿 Jordan 的人，又有幾多個真的懂穿衣的美學，將 Jordan 襯得超級好睇？我自問除了米原康正流派（襯落 AV）就未見過有幾令人耳目一新的襯法了。究竟我們是購買它的美學？還是購買那份虛榮心？誠實一點面對自己，其實對自己性格有利無弊呀，就算是基於虛榮心而購買，起碼你了解到自己喜歡甚麼。我不特別喜歡 Jordan，但我享受人冇我有的虛榮，當然，人冇、我有、而且靚，就更好啦，雖然更大部分機會「人冇、我有、而且靚，但我穿得不太好看……」

# 28

# Air Penny 2

這藍白色籃球鞋，Orlando Magic 的 Penny 第二代籃球鞋，原本只是因為藍白色而買入的，怎料胡亂購物，又買中與波衫上一模一樣的球員，買完之後才發現——「哦！原來 Air Penny 2 即是 Penny Hardaway 的簽名球鞋！仍然是 Orlando Magic 的球員 Penny Hardaway！」好在是自己發現，不用重演之前買波衫的尷尬事件，雖然現在說出來都好尷尬，究竟 90 年代同學都在討論球星之時代，我在做甚麼呢？

為避免之前買波衫完全因為顏色和間條而購買，我都有找回些少資料片段，一看就愛上了。動作清爽利落又流暢，特別喜歡他的傳球，No look pass 得像騙徒一樣，不知道為甚麼，總覺得這個球星有一種很真誠的感覺，直覺？Slam Dunk 入面山王工高的澤北榮治原形也是 Penny，曾經被譽為 Michael Jordan 接班人，曾經在 94-95 年度賽季擊敗了首次復出的 Jordan，全盛時期 95-98 年，時間比較短，07 年因傷退役，還要是因為曾經在大學時代被流彈擊中的舊傷，子彈中腳後康復都仍然可以打 NBA，可能已經是奇蹟，還賺到個職業生涯，雖然還是好可惜。現在看回那些紀錄片段都覺得非常不幸，實在非常難以估計當時球迷們的心情，更不要說他本人了。不過 Penny 就是 Penny，不用做誰的接班人。

這位被稱為流星般消逝的球星，退役之後，品牌依然定期推出他的專屬球鞋，人氣的確非常厲害，而 Penny 2 也意外地是好多朋友的第一對籃球鞋。喜歡復刻產品的

唯一問題是，要再買到，可能又要再等二十年，2015 年才復刻過，所以應該短期內也不會再見吧？就算現在買到，都應該是已經氧化了的鞋底吧。所以都講過好多次，遇到喜歡的東西，要一次過買雙份甚至三份。明明警告過自己。

可能由於不像 Jordan 般常見，Penny 2 注目度極高，廣告都拍得好有趣，是 Penny 本人和一隻由 Chris Rock 配音的多嘴 puppet 互動，和感覺低調的 Penny 有點出入。90 年代中的籃球鞋都有一種厚重感覺，像 Uptempo、Zoom Flight 96 那些型號，有一種街頭的感覺，現在的籃球鞋普遍都非常高端科技感了，少了一種親和力。甚麼是球鞋的親和力呢？我認為是街頭上隨處可見的，像朋友一像的親切感，例如 Converse 就是很有親和力的鞋款，Rick Owen 則不是。

退役後不久，由於兒時摯友 Desmond 患上 cancer，Penny 開始協助他擔任中學籃球教練的工作，訓練 Lester Middle School 的籃球隊。由 NBA 巨星轉為中學籃球教練，在自己十五年的職業籃球生涯從未奪冠的 Penny，2012 年卻帶領一班小朋友奪冠。「I do that for a friend in needed.」Penny 說。看？親和力！

以他的才華來說，他絕對不算一個非常商業的 icon，他是一個好好的朋友，一個非常值得尊重的球員。既然受傷，都只好退役，不過不代表我要放棄籃球，我喜

歡籃球，所以我用我的方法打籃球。所有人在處於全盛時
期時，所謂憂慮都有點傲嬌，真正的難度是滑鐵盧之後如
何繼續向前，因為就算向前也未必可以再爬上高峰，but
that's just life，是好是壞也是自己的生活，所以，好
好生活吧。

## 29

# 畫袋

藝術學生，不一定會畫畫，但九成會買畫袋。畫袋像籃球鞋一樣，裝飾性比實用性更大，有一種自命不凡的自豪感。在未有 Instagram 的年代，它是一個 hashtag，一個 #artstudent #illustration #goodvibe #artsense #deadlinefighter⋯⋯如此類的 hashtag，但裡面放的畫可能得一兩幅，因為畫得最多的叫 drawing diary，而 drawing diary 其實是不會以 A3 或以上尺寸格式出現。A3 以上的，應該已經是一幅完整的畫作，而一般人應該不會無端白事，把所有畫作隨身攜帶吧？雖然入面可能是功課，功課也頂多一兩幅，也不需要日日交，但畫袋還是滿常出現的。它的確是一種身分象徵，後來就是瞌眼瞓同學的身分象徵，同時也象徵著在未來的設計會被對美學毫不認識的客戶壓榨。但中學時代，是不會這樣想的。

各種大小的畫袋我都有，但最常用的都是 A3 crossbody 的畫袋，可以斜孭，比較方便，但入面放的，是其他科目的書本和筆袋。上課時，同學在背包中拿出書本，但基於畫袋是文件夾形狀的設計，要防止你拿出畫作的時候弄皺，所以設計上跟其他背包有點分別。要拿書的時候就要整個袋放在桌上，拉鏈拉到盡頭，再將整個袋完全打開，尺寸立即增大一倍，拿書的動作也大三倍，用畫袋做書包，不但止不方便，而且相當浮誇，所以後來我就將所有書本留在班房中的抽屜，反正帶回家我也不會溫書，總好過每次拿書出來的時候，好像在賭場拿出三千億美金，嗌曬冷的感覺。於是畫袋中除了筆袋之外空空如也，而筆袋中我也是只會用到一枝筆，後來我索性把筆放

在褲袋就算；再後來，我發現比物件更加珍貴的東西叫友情，總有其他朋友有筆可以借，我也就連那一枝筆都沒有帶了，只帶著一個空畫袋回校。在甚麼都沒有的時候，還是想有少少造型，實在是一個非常有閒的人。

到大學的時候，要買一個 A2 的畫袋，A2 是超級大的尺寸，打開即是四張 A3，拿上街，是一個非常不瀟灑的尺寸，至少你不可以攜帶這個東西跑動，而沒有跑動的大學生活就不是青春。的確，在大學入面畫的畫，是用碳枝去畫的，是放在畫架上的大畫，真的需要一個這樣大的容器去放，但問題是通常 Year 1 畫的東西，只不過是訓練，也不會畫出甚麼非常喜歡的作品，如果還要拿著這麼臃腫的東西周圍走，都幾氣餒，所以我又轉回用 A3 的畫袋了。反正都只是一張紙，對摺就好了，反正我看見用畫筒那些人，拿出來都是皺巴巴的，我估摺痕很明顯一點也沒所謂吧，零執著。只是似乎這個畫袋，總是沒有甚麼機會可以攜帶一些認認真真製作的畫作。

就算現在，當我要帶平板電腦回公司的那一日，我就會帶這個畫袋，貪它夠扁。雖然電腦放入去之後會跌來跌去，要放多一本書填滿空間，但我也還是懶得買電腦袋，總覺得電腦袋跟畫袋一樣，是形象工程的物件，不過帶電腦返工，不是一個非常有型的形象。雖然平板電腦也是用來作畫的，但始終還是希望有一日可以真正放 A3 的畫作入去呢，不然好像未完成任務一樣。好好努力畫畫吧，不然有一天要將用 procreate 畫的圖 print 做 A3 再放入去，就有點無謂。

**30**

# 琉璃紋眼鏡

大概每兩年會配一次眼鏡調整度數，但這個習慣被另一個陋習擊敗了。一次旅行時，由於平日都是配戴隱形眼鏡，所以忘記帶普通眼鏡晚上使用，惟有立即配一副新眼鏡。在下北澤的 Zoff 有兩小時配鏡片服務，去到，選好鏡框，逛一轉下北澤，剛好兩小時。

配鏡片有多種套餐，如果度數超過 -450 就要配一個貴一點的鏡片。小弟 -500 度，但基於價錢問題，還是決定配 -450 的鏡片。本來有猶豫，但 Juno 說不妨濛一點，於是就配了 -450，差 50 度，但店員說如果只是平日配戴，非進行精密工作，是沒有問題的。的確，近年我人生最精密的工作，只不過是在 Word 之中，打下新細明體字型大小 12 的字體，甚至後來都只用語音輸入了。應付到這件差事，其餘都應該得心應手。

雖然這樣說有點 loser，但近視人士可是比正常視力人士看到多一個世界的。當我晚上從火車站回家，經過公園時，有時會摘下眼鏡，路旁的街燈會像在鏡頭未能對焦的狀態下一樣，形成一個個光球，就像在城市中捕捉到一幅充滿螢火蟲的畫面。這樣說也許自我感覺良好得有點噁心，但在不知味道的情況下排隊買人人都排隊買的珍奶也很噁心；做善事時自拍上載也很噁心——事實上，無論你做甚麼、怎樣做，都會有人覺得你很噁心。而我們永遠無法得知可能那個人真的超喜歡珍奶，善事 KOL 真的善心滿載。「過得自己過得人」是很難的，所以有時過得自己就夠了，這是個人享受，不必管人感受。

　　近視是每個人的通病，我們可以看見的真相很有限，愈以為分析透徹，愈當局者迷。不是捨棄清晰的世界，而是我們根本不可能得到清晰的全貌，我們只能對焦一格小圖片，在非常有限的範圍內望清楚，當你愈望得仔細，同時周圍景深愈大、愈模糊，視乎你要對焦哪一點。人可是非常容易因為看微塵看得太仔細而放棄了最重要的內容。Focus 移開的話，放大的內容會不一樣喔！好好調校適合自己的度數，做個選擇性輕度近視患者也許比較舒服吧。

# 31

# 老人帽

我對剪髮，有一種莫名的抗拒。由於本人髮質天然鬈，但天然鬈不是自然鬈，所以每朝睡醒都維持住撒亞人打橫的狀態，但不是正常撒亞人，是撒亞人打橫，非常不自然，而那橫向的方向是每天都可以改變的。以角色來說，我根本不想做撒亞人，我想做堺雅人，半澤直樹中的堺雅人，整齊貼服才是好髮型。可惜我不是半澤直樹，我的頭髮每束都直豎，而且向不同方向豎起，所以帽子對我來說，非常重要！正所謂「頭髮，遲早甩晒；帽，求其亂戴」。

出門時，把頭髮遮住吧。遮頭髮是為了不想向他人交代，一天裡面要被問七百次：「點解唔剪頭髮？」是一件很累人的事，首先要回答七百次：「唔關你事！」也是很累人的事。如果世界上能夠做到一種自閉空間，同時又方便活於群體，其實真是太幸運了，而帽子是一件可以某程度上遮蓋自己嘅表情第一件好配件，當別人看不到你的表情，就不太好意思來騷擾你，連搭的士都可以嗲少兩句，能夠做到保持社交距離之餘，也增加了自己思考的時間的功能。

參考過無數帽子控的角色，有些是切勿模仿的反面教材。當中最出名的莫過於小智，把貨車帽拿捏得極不貨車。貨車帽不同 daddy cap，不會帶到貼頭，明明旁邊的頭髮都多到滿出了，但貨車帽居然可以貼頭頂，難免會被懷疑地中海，貨車帽 out；Daddy cap 太貼頭，不透氣，而且 daddy 才戴 daddy cap 例如碧咸，碧咸不

好看嗎？好看！只是你不好看，戴 daddy cap 也不會好看！Daddy cap out！本來好喜歡 Baker Boy cap，但望住空条承太郎，那 Baker Boy cap 都直接和頭髮融為一體了，感覺好似好熱，熱到溶，而且物料上多數為 tweed，比較秋冬，不適合於香港佩戴，Baker Boy cap out。我戴過最舒服的帽子，是 O-camp 時戴來擋太陽的路飛帽——籐織，透氣，可以擋太陽，不用梳頭。非常可惜，在城市裡佩戴實在太高調，加上路飛太陽光，不能做到「頭耷耷」自閉的效果。終於，我選擇了 Ivy cap，賊仔帽。

賊仔帽是一種晨運阿伯的時裝，戴上你就會得到一種阿伯智慧。你有沒有看見過晨運阿伯的尷尬動作，好像有。哪個阿伯？不知道，因為你不會看見他們的，至少你不會認得他們，他們在自己的世界裡。賊仔帽有一種老人感覺，都活到一把年紀，已經懶得在意其他人的睇法，你有你健身，我有我挅腎，你可以取笑我，但是我的確會結交到一班挅腎好朋友。

變老是一種認識自己的過程，你可以透過整理社交平台上的關係而更加認識到自己。不是拒絕社交，只是世界上有太多不必要的關係，會佔據你維繫重要關係的時間，例如十年也不會說上一句話的舊同學，工作上不會再有往來的舊同事，說有感情也是自欺欺人，你不去維繫，就即是沒有感情，把時間花在變老之後仍然會以暱稱稱呼對方的朋友身上吧。

**32**

# Gucci 頸巾

我看著 Obe 在火車上編織著，那是 2006 年的仲夏，剛考完會考，我們大概在乘火車去沙田途中，或者是旺角，或者是尖沙咀，總之不會過海。到十年後我們的活動範圍還是有一個「總之不要過海」的不明文規定，後來她不守約定，找了份過海工，但我們的活動範圍還是沒有甚麼改變，現在回想可能也是對我的一種遷就。

那年夏天，會考完結後，我去了北愛爾蘭城市貝爾法斯特升學，那是我第一次拍拖，才過了兩個月，我就要離開兩年（最少），當然難離難捨，差點想放棄升學。不過，若不是這兩年分隔兩地，十六歲的我們，思想極度不成熟，或者也一早結束了關係；但亦正因為不成熟，我總是在害怕未來的種種改變，所以在離開之前，那年夏天，我們要盡力發癲。

沒有工作，沒有錢，卻去過好多地方，去迪士尼門口兜一圈都開心（到今日我都未正式去過迪士尼），去南丫島甚至搭一次天星小輪都夠我們擁抱到不肯下船，假如當年的手機錄影功能比較完善，我們百分百會登上各大社交平台。我們一起打人生第一份暑期工，在三十四度的暑假，沒有冷氣的工業大廈，包裝聖誕波，錯但浪漫。我們發現一個化學反應，就是把一個聖誕波假裝不小心地掉在地下，再踩碎，會發出像把十塊薯片一次過咬碎的聲音，不知為何，異常地解暑，感覺好像把一千個煩惱一次過踩碎。我們面對面坐，你跌一個，我跌一個，大家在枱底下

踩踩踩⋯⋯我們踩碎的聖誕波數量，大概與我們包裝好的聖誕波數量一樣，然後扣了一大截人工但很快樂。

所有和她一起發生的事都太易憶起、太難敍述，太多枝節、太豐富、太有趣，我總是寫極都未寫到重點。那頸巾是一個驚喜，她想織一條頸巾給我在北愛爾蘭戴，但她才剛剛學織，慢手慢腳，距離我離港的日子愈來愈近，終於她要在我面前，每次出街搭車時，總是在編織，由於一到夜晚她幾乎織通宵，所以在火車上織到睡著時我就會接手，織一兩針，但我學不懂回針，所以每次只會織完原本那一行，在其他乘客眼中應該都幾奇怪，大熱天時在織頸巾的一對。

最後在我離港那一天，Obe 將那頸巾放入了她媽咪的一個 Gucci。我人生第一個 Gucci，是一個原本用作包手袋的索繩包裝袋，陪我去過好多地方，英國、日本、津巴布韋、埃塞俄比亞⋯⋯由於太大陣 Obe 味，所以我去到邊都戴住，就算不戴都要帶，我想見到所有她見到的，我也想她見到所有我見到的。非常感嘆發明手織頸巾的人真偉大⋯⋯在寒冷的環境都能被最溫暖的氣味包圍，閉上眼就是聖誕。


p.s. 資料補充：據姨姨後來所講，那 Gucci 原來是 A 貨。

装備部

**33**

# 青蛙散紙包

這是一件動漫相關精品，是漫畫《火影忍者》中，鳴門用的散紙包。富有的時候是一隻飽滿的青蛙，山窮水盡的時候是一隻洩氣的青蛙，是中學時期放學後，在大埔廣場購入的。那間動漫精品店，後來變成僱傭中心，再變成補習社，做過一輪速剪生意，也做過撈麵和美甲，現在又變回僱傭中心了，精品店卻和青春一樣無力歸來呢。

自從買入了青蛙散紙包，便成為了青蛙人。我覺得學校裡面的女同學都好厲害，在起底組並未發展得非常完善的時候，在 Facebook 完全未誕生的時候，她們的人臉識別系統已經發展得相當成熟，只要你能夠說出那個人物相關特徵的關鍵詞，她們就可以說出人名，而我得到的 hashtag，其中一個就是「青蛙」，也不算是一件壞事。由於中學時極「摺」，而根據我校制度，中一至中三是不會轉班的，所以每日回校會接觸的基本上都是同一班人，大家都渴求與隔籬班的同學成為朋友，所以有人記得，總好過面目模糊，最起碼當有機會成為對方話題的時候，對方至少可以說出：「青蛙人？」令話題得以延續。現在回想都幾戀居，想交朋友就去搭訕呀！雖然直到現在，我都未能清晰準確地拿捏搭訕的時機和話題。

「青蛙人」我是有努力演過的。我在書桌上畫滿青蛙，擺滿當時流行的 frogstyle 扭蛋，那時基本上所有東西都選青色，最明顯的應該是那隻運動錶，與淺藍色的校服極其違和。不過違和是件好事，違和即是突兀，即是搶眼，以博取注意來說是一件好事；不過眼鏡框就未夠膽

選青色，因為青色眼鏡又未免真的太礙眼。可能是因為這樣，可能是因為不夠徹底，後來「青蛙人」這個綽號被遺忘了，卻因為每日都食雪糕而變了「雪糕人」，因為每日都扭扭蛋變成「扭蛋人」，再因為每日不想上課，所以在課堂途中不停舉手要離開班房去裝水，因而飲好多水變了「水佬」，明明飲水是所有小習慣當中最有益的事，不知為何其他習慣都可以被稱為「人」，飲水卻變成「佬」。

實驗實測，原來在別人眼中的形象就是這樣建立——你苦心經營的，可能一季就玩完；相反每日自然發生的，居然都可以變成別人眼中的印象，而這些印象又毫不持久。所以呢，現在自己都有些少不修邊幅。這法則是在所有地方都通行的，例如我只是三個月不剪頭髮，在家中就已經被叫「雀巢」，明明之前都是叫我做「混世魔王」。看嘛，連家人都會因為你的些少改變，而對你的印象及稱呼改變，所以呢，行自己舒服的路線就好，形象建立，是相當多餘的工程呢。

# 34

# Paul Smith 銀包

由中六開始，我就斷斷續續收到好多牌子的禮物。Yahoo 拍賣惹禍，本來一些在我們年紀應該不會接觸到的牌子，總有些所謂水貨、廠貨流出。所以呢，她送給我的禮物大多數都是這些所謂水貨，也可以說是假貨，我總是佩服得五體投地，連 Jack Purcell 都買到老翻，才幾舊水一對的 Converse 都買到老翻。算啦！其實那個年紀，應該幾舊水都好大負擔。

Paul Smith 銀包其實只是冰山一角，還有 Gucci 軍牌、Stan Smith、Coach crossbody、Air Max 90……如果將她送來的禮物全部著上身，我就可以成為一個羅湖人……後來只要是她網上買的東西，我都會質疑一下它的真偽，而到了再後來的確是有進步的。比起責怪，我更加佩服那種相信別人的精神，我可是一點兒也沒有啦。Obe 是很好騙的一個人，唯一騙不了她的應該是我。每次扮眼瞓收線之後，都會被她捉到我還在砌模型，因為她記得我的模型進度，只要第二日來我家看一看就可以知道前一晚有沒有說謊了。柯南嗎？當時我心裡正盤算著結婚後要不要分居……所以呢，說她好騙也不是，但當然不算醒目。

她是那種在車站附近被人問拿錢搭車，每次都會給的人，像這樣狼來了的故事都要上當，她卻跟我說了關於這個故事，她所看到的版本。

以下是看完故事的三種反應：

1. 一般人看《狼來了》之後，學到的道理應該是不要說謊，說謊就會失去別人的信任；

2. 我看到的版本是，如果我是一頭狼，要下手時就要找沒有別人信任、被吃掉也沒有人可憐的大話精下手；

3. 她看到的版本是，只要農夫有一次不信任說謊的牧羊人，就有機會釀成不可倒轉的災禍。

所以每次疑似受騙，她每次都會幫，她說因為可能那人真的有急事，萬分焦急，我們付出好少就拯救了那個人的一生，不要吝嗇那少少，我們根本不缺那少少。

雖然以上並未能完全作為買假貨的理由，但做一個容易信人的人，大概比較快樂。她的金句是：「錢冇咗咪再搵。」這也是她不儲錢的理由；而我的是：「錢咋嘛，都冇，有咩好煩。」這是兩個人都有點窮的理由，反正我們的快樂也不太需要用錢。

# 35

# Money Clip

像這類能夠將物件井井有條地收好，但其實一輩子也不會用得著的東西，總是突然之間，某一日，就會心血來潮覺得：「好像需要一個錢夾，把銀紙夾好。」明明都沒有一大疊銀紙，銀包內長期都只有一兩張，到底是為了甚麼而要買一個錢夾？像這樣的事情其實在中學時候都發生過──明明沒有零用錢，千辛萬苦偷屋企錢，去買一個銀包，因為感覺成長需要一個銀包（但拿著一個沒有錢的銀包其實更加幼稚）。殊不知幾十年後，同樣的情況又再發生，不過現在這個 money clip 的用途已經改變，用來夾住 Isa 姐每年給我的生日利是，勉強來說都叫盡到本分。

在 Isa 姐眼中，我永遠都是一個亂使錢的人，雖然真相又的確是這樣。Isa 姐幾乎每個月都叫我要儲多點錢，但沒有叫我要賺多點錢。一個人如果不賺錢，儲錢是毫無意義的，而我也不算賺到好多錢，所以就算儲錢，又儲得幾多？等於如果我明知自己短命，我為甚麼要注意飲食呢？我會選擇吃喜歡的食物，然後過著快樂而短命的一生。阿媽的理財策略，我從來都不太認同，但阿媽的所有策略，我也從來都不太認同，由出生那天起，就已經是和母親的長期戰爭，這個世界上我唯一真正有儲下的錢，就是由十八歲開始，每年她給我的生日利是。其實都是一個鬥氣的行為。

入大學那年，我們曾經為零用錢的增幅而吵架，總之作為拿零用的人，當然嫌少；但作為給零用的人，當然

嫌多。而且 Isa 姐開出的銀碼，除非是英鎊，否則即使是美元都不太合理（我認為），加上她經常會宣揚她在學生時代有多麼節儉，實在有點不合時宜。她不知道，我們的學生時代，克儉、克儉，是多麼難聽的字眼。於是我做了一個非常有骨氣但極度愚蠢的決定，我說：「呢個數太侮辱啦，我寧願一蚊都唔要。」於是，從此以後，我就再沒有從她手上拿過任何零用錢了，只能夠偶爾問老竇「攞錢增值」。雖然那些錢會變成波鞋，但怎能責怪我呢？波鞋同巴士一樣，都是代步的東西，都算交通費用。

每年望住阿媽給我的生日利是，上面都是寫著：「身體健康、生生性性！」好像我永遠都不會生性那般，感覺有點激氣，所以我想儲起，甚至用一個都幾貴的錢夾將它們夾起。「一蚊都唔用！」是十八歲時開始的抗爭，每次她叫我儲錢，我都會回答：「有啊！勁大疊！」非常期待有一日可以拿著一疊利是，對她說：「嘩！呢啲錢呢，我就幫你儲起先，到有一日你識得用錢喇，我就會畀番你㗎啦。」但其實我打從心底裡真正希望的，是最好我的家人永遠都不需要學識用錢，不需要學應使則使；希望我有能力，可以令他們想使就使，這樣我才可以繼續做一個輕浮的兒子。

# 36

# Penny 滑板

　　二十四歲時買入的東西，現在已經甚少出動，購買的原因是相當實際的。因為由家中去到車站的路程，行路要十分鐘，踩板的話，三分鐘；由公司步行到車站的路程，十五分鐘，但由於公司都叫位於山上，而 work from hill 的好處是，離開時沿途都是下坡路，踩板的話五分鐘就到。那是經常需要趕尾班車的年紀，十分鐘決定生死，所以買吧，搭少五次的士都買得起了。但自從買得起之後，就要承受仆得起的過程了。

　　作為一個自以為不是運動白痴的白痴，我總認為熟能生巧這四個字，能夠在自己的身上體現。雖然踩得多自然熟練，但同時踩得多亦都會踩得快，踩得快自然仆得應，所以熟能生巧這四個字，最後只在受傷這層面體現了。

　　要好好從速度及傷口之間做一個微調，控制一個適中的前進速度，同樣也要顧慮傷口癒合的速度。受傷是可以的，但要好好避免同時間身上太多傷痕，不是怕痛，是洗澡時比較麻煩，血跡斑斑，好像洗極都未夠乾淨，辛辛苦苦省回來的時間，若然在洗澡時用回，那就不算省了時間。

　　是的，計婆乸數，總是計得好準，也小心翼翼，因為時間的確長時間都好緊迫，但本來為了省時間而購買的滑板，其實都經常令我更加花時間。試過去做一個 MC 工作，要著西裝，然後我仆穿條西褲（可以怪誰？西褲本來就好容易仆穿，由中學開始已經仆穿過無數條，中三後的校服我都懶得補），上台前到底要買條新西褲？還是整

穿左腳，找個平衡呢？好麻煩。試過去買下午茶途中，看不到街角的七人車駛出，緊急彈開，但滑板還在原地，最後它斷開兩截，發出巨響，司機落車卻看不到任何東西，因為我已經蹲在汽車與汽車之間扮綁鞋帶（因為隱約見到滑板好像刮花了他的寶馬，所以我完全不敢認領，但再買一塊，又好浪費時間）；都試過拍拖前仆完，要在商場找地方收好塊板，否則就會因為新傷口而被女友責罵，結果遲到，而且她居然可以從玩具反斗城的貨架深處，找到我剛才收好的那塊滑板，然後推斷出全個案情，偵探頭腦好得很。我以為我將滑板收在滑板貨架當中已經非常聰明，最後不敵她的聰明。她說騙人時個樣不要太得戚，嗯，我會好好記住。

現在說起來，好像不是因為滑板而浪費時間，而是技巧差而浪費時間……但技巧差也有技巧差的快樂。好在厚面皮，跌極都未知羞，未知羞到搭著她左邊膊頭，借她單車的動力拉我跨越整個吐露港，也是非常快樂的回憶。

# 37

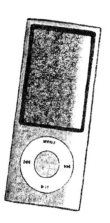

# iPod Nano

不算太懷舊，不是 CD player；不算太講究，不是黑膠唱盤。在百種物件類別中，MP3 算是工作用吧，還是需要自己「就住使」。32GB，說多不算多，但我試過，一年內其實是沒可能聽得完 128GB 歌的，尤其是人類有固定的生活習性（雖然會改變，但改變並不常見）──例如今個月一起身，就是 Love Psychedelico《Fantastic World》單曲重複播放，直至出門口。上一年年尾，其中一個音樂平台整合了我的播放紀錄，有一首歌，我在不自覺的情況下都播了 267 次，計三分鐘一次都八百分鐘，即整整兩個禮拜的時間，一年才得五十二個禮拜……我發現我需要的音樂，其實不多，我的 32GB iPod Nano 實在夠用有餘。

《Baby Driver》裡的主角，犯案時必須靠音樂去控制自己飛車速度、節奏；《Gundam Thunderbolt》以 60s Rock、Jazz，區分兩位主角的戰鬥風格。電影剪接得好有型，但其實只是職業不同，令我們忘記，其實我們大部分人都與生俱來這種技能，只不過缺少一個鏡頭去追蹤我們的生活。音樂作為非必需品，其實可有可無，但生活品味這門學問，要不全不接觸，要接觸就認真管理，了解自己所需。大家聽歌有一套口味，喜歡的，其實不會太跳 tone，只是我們選擇以甚麼 playlist 去迎接甚麼工作。不過因為科技可以令我們每秒收聽不同的串流音樂，聽得多，亦下載得多，所以比起選擇歌曲，更容易的是你選擇直接擁有全個世界，但最後你真正收聽的，可能又只得當中 1/10。擁有更多歌曲之後，其實只令你尋找目標

的難度增加，然後你會在數據海中迷失，找不到自己的我最喜歡，你的叱咤十大。

或者是職業病令我非常沉迷砌 playlist，不知道中醫師會不會閒時都執定一兩劑藥，以備不時之需。歌單以半小時為一組計算，根據不同功能分門別類，例如：運動 1、運動 2、模型用、孤獨的美食家、Shopping 用、Window Shopping 用⋯⋯根據當下一刻目的，選擇適合的歌單，聽著音樂也較容易調整當日的心情和行為，以達到預期目的。當然我亦一早準備好二人用的音樂，在這裡分享一下：

> Cagnet - Deeper and Deeper
> RubberBand - 小涼伴
> AKMU - 200%
> 新垣結衣 - 小小戀曲
> 旺福 - 我當你空氣
> Shishama - 明天也

歌唔需要多，夠聽咪得囉。

p.s. 二人用的 playlist 是上一季的，我用完了，放心。不過而家公開咗，假若你與現正閱讀此書中的人，剛好追求同一個人，又剛好撞 playlist，那就對不起了，不要以為我胡說，以前我在學時期為同學追女仔獻計時，就曾經發生過了。

# 38

# Fujifilm XT-10

Fujifilm XT 系列在 2019 年，即是小弟踏入三十歲一年推出了 XT-30，這是一個送自己生日禮物的最好理由——你又 30 我又 30。但因為朋友未轉機，所以我的轉機計劃未有轉機——皆因我買 XT-10 的唯一原因，是攝影師朋友 Helen 用 XT-10，純粹受同輩影響。

大概每個人身邊都有一兩個相機朋友，當你有需要買相機的時候，他就可以給你精準的資訊。Helen 是我的相機朋友。201X 年，潮流由單反相機市場轉為無反，細細部機，功能不多，拍片一般，但影相靚，已經夠使，反正單反太多功能，對我來說，其實一世都未用得著，帶出街又重又大部。「XT-10 呢？冇乜掣你撳，銀黑色復古機身，啱晒鍾意得個樣嘅你，夠用有突。」試問有甚麼比「夠用㗎啦」更為殺食？非「夠用有突」莫屬，不止夠用，還要有找，你好嘢！

非常清楚我需要、同為雙魚座、想轉機的 Helen 嘗試推銷自己部二手機，兩秒就成功了。「我買吖。」小弟回應得好乾脆，價錢都未問，她卻說要給我冷靜期，借部機我帶回家住一頭兩個月再決定，似乎需要冷靜期的是她。雙魚座的特性是，一旦要離開，就會突然感性大發——好似好多回憶、好似是我開始攝影的原因、好似未有需要換……勸人敗家，最後反悔，實在是應得負評的賣家。就這樣，兩個月後，Helen 持續後悔，於是物歸原主。

雙魚座的另一特性是，愈得不到手，愈想得到手。兩個月以來的相處令我覺得我正正需要一部這樣的相機（大

前提為我已經有三部相機；比起買相機，其實我更應該學識用那三部相機），操作簡單，畫質優良，最重要是銀黑色復古機身相當有型。我曾反勸 Helen，以她的攝影水平應該出部新機，做人要進步之類，當然亦早料到她會以經濟理由拒絕我，於是我提議提供免息貸款作為對一個 up and coming 的攝影師的小小支持和投資，但最後還是以物歸原主為最終定案。由於當時 XT-10 經已停產，已經是 XT-20 的時代了，我惟有去星際買部一模一樣的同款二手機。

相機到手，我抄足 Helen 的相機 setting，但總拍不出同樣效果。我知道與技術無關，純粹是雙魚座的麻 Q 煩心理狀態，所以下次等 Helen 轉機時我跟住轉，一齊於同一時間、同一間舖、買一部一模一樣型號的，應該就沒問題了。又或者，應該就更加證實到是我自己的問題了。

# 39

# G-Shock

中學時非常流行 G-Shock，但不知為何本人當時是走 Boy London 路線，好像行了條歪路，到我回復正常時，已經是大學 Year 1，開始兼職畫班導師那年。當時每季出一次糧，一出糧我就會買一隻 G-Shock，大學時期好像擁有超過十隻，以不是收藏家來說，都算多，多到有點多餘，後來又不知道為甚麼，在每個朋友、親戚家中都漏低一兩隻，現在只剩下六隻，但其實我戴來戴去都只是同一隻。

我的潮流玩意，比起一般人總是慢了最少十年，我發覺踏入三十歲，身邊朋友都開始養了新的嗜好，聚會時出現得最多的關鍵字是 Jeep，此起彼落的字眼包括 Omega、沒法記住的酒名、雪茄牌子……其實範疇不大，來來去去你都數得出，一如毒男三寶九成為拉打、高達、戰隊一樣。其實我頗為震驚，因為小時候姑丈帶我去的中年飯局，聽到的好像也是類似的關鍵詞，感覺公式又老套，並未想像過身邊的朋友話題，有一日都會變成這一種大人話題。有一點失落，但又覺得帶點可愛，我們一起變老了。

90 年代，電視熱播的《疾風無敵銀堡壘》和《高智能方程式賽車》，世界觀都設定在我這一代長大後的舞台，所以以前經常幻想長大後的世界會有好大改變，嗜好應該會與眼前班 uncle 好大出入吧。然後？然後現在我三十歲，在同學的飲宴上，帶著 G-Shock 手錶的左手拿著發出「嚓嚓嚓」打字聲的手機，正在寫這篇文章，身旁

的中學同學正在研究車經，我以為車只有「靚」與「唔靚」的研究價值，原來幾多 CC、寬敞程度、里數、耗油量都可以講一個鐘，真的有那麼有趣嗎？

成長好奇怪，突然之間，身邊圈子的朋友開始甚麼嗜好，你自不然會開始跟隨，慢慢建立習慣，慢慢改變。一隻幾萬銀 Rolex，一隻幾百蚊 G-Shock，本身的價值差異，有那麼大嗎？反正我幾肯定，給我幾多萬銀，我都研發不到一隻電子錶。

時間向前的時候，會改變你對不同物件的價值觀，有人會將這定義為成長之一部分，但可能由設定的一開始，逢出糧買隻膠錶／逢生日買隻勞，本質上都是強加於自身、美其名為「為自己定個目標」，實際就是「搵嘢買」的牽強說法，或者自己其實沒有改變過太多。我也試過出席一些音樂相關的有型 event，看著從不彈結他的人，在與人討論購買 Gibson 的樂趣，估計無論沉迷甚麼，都只不過是個喜歡購物的普遍港人而已，而眼前這一班在別人婚宴圍著一部手機、五六個人在收看 Suzuki Jimny 廣告的傢伙又是甚麼一回事？你們看起來跟中一上課時在書桌下共享一本《火影忍者》的自己毫無分別呀，我看你們根本沒有長大過吧，二十年就這樣白過了呀混蛋。

# 40

# Key Holder

「出去玩唔緊要，最緊要識得返屋企。」

電視劇中的婚姻失敗小婦人常見台詞，好可惜，我是那種會出去玩，而且不懂回家的人，因為十次出街八次忘記帶鎖匙，幸好家裡都有人，所以沒關係，最多捱鬧一兩句。到中六在寄宿學校，我直頭放棄了門鎖這概念，長年無戒心狀態，歡迎賊佬光臨，最多玩偵探遊戲——查出犯人比查出鎖匙位置容易得多，到底是在家遺失，還是在學校？犯人至少有面部表情、動機、案底可供參考，鎖匙沒有，忘了放在哪兒就是忘了。

小弟人生截至三十歲為止，一共遺失十二次銀包、八次鎖匙（出書時加一次）、一次電話（出書時加一次）。從中學起，電話有掛頸式電話繩掛身，銀包有腰鏈扣褲腰耳仔，我連校服都照扣，相當 MK。不過，鎖匙包反而要到大學時，女朋友對經常忘了這樣忘了那樣的我看不過眼，才於生日時送了一個給我，一用就十年。雖然說皮革製品用得愈耐愈有味道，但有味道這形容可以相當兩極，而且它也只不過是一件物品，用十年還是會折舊的。前年，扣住它的銅製彈弓扣完全地磨蝕斷開了，我只好在有香港流星街之稱的深水埗買回一個跟鎖匙包格格不入的爬山扣。由於形象太不統一，從那天起，那鎖匙包甚少像裝備般被扣在我的腰間，直接定居在背囊內。不過可能它已成為我身體的一部分，若然走路時右手擺動過於順暢，沒有被腰間的鎖匙包擦到，就會非常不安，就像發現自己遺失鎖匙一樣。如是者，我每日都要承受超過十次遺失鎖匙

的心理壓力，《不要離我太遠》這首歌在腦內不停重複播放，於是把心一橫，有一日我拿起砂紙，開始打磨那個爬山扣，製作用殘了的效果，感覺比較搭調，它們才重見天日。

之後，為了令它可以在自己身上繼續得以長存，我在鎖匙包下方嘗試扣上不同的掛飾，希望可以轉移視線。我腦內的方程式是這樣的：「A 款物件上多了 B 款配件，B 就好礙眼，不過如果再加 3 號配件在最後，就沒有人會在意 B 了。」即是說在鎖匙包下方加上同樣有違和感的配飾，就可以消去爬山扣的違和感。但後來愈來愈多累贅物後，拍拖也不太方便，因為拖手時她總會碰到那鎖匙包。為了解決這個問題，我們研究了多種不同的拖手方法應付不同的場合，都算情趣。

在嘗試多種掛飾之後，最後我選擇了滑板輪內的 bearing。當大家看見鎖匙包，問我那是甚麼的時候，我就知道我的聲東擊西成功了。要製作一個個人化的鎖匙包，真的一點都不容易，有時我會想，其實再買個新的，可能還便宜一點，又可以省去不停修補的心力。大概是中了日久生情的降，只有真愛值得不停修補關係，而且它還是回家的鎖匙呀，這可是真愛排行榜中的高級真愛！現在比起遺失鎖匙，我更害怕失去這個鎖匙包，如你若有事我會很寂寞。

# 41

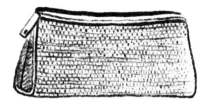

# MUJI Pencil Bag and Friends

也不是特別保留，只是由中二開始就一直找不到合適的，才勉勉強強繼續用下去。中間都斷斷續續遺失過幾次，但兜兜轉轉又回到我身邊，大概筆袋自己本身也不是特別想逗留，只是由中二開始就一直找不到更適合的容身之所，才勉勉強強繼續被用下去。似乎筆袋和主人都不怎麼喜歡大家，甚至經常作對。前者總是不停被鉛芯筆的筆尖刺穿，令主人一拿起就自動被刺，也弄得一整個背囊都是鉛粉；後者則想將世界上一切都封印入筆袋，簡直把它當作是多啦A夢的四次元口袋一樣，從文具、計算機、學校違禁品、薯條、最離譜試過放未乾透的迷你雨傘入筆袋──筆袋濕，好過背囊濕。

現在筆袋狀態是戰損狀，圖像化點來說，約70% 血量，又未死得，但布料已相當沒精神，垂頭放屁般。我心有餘悸，想不到它的壽命像狗一樣，捱不夠廿年（希望大家的狗仔都長命百歲），如果懂得早一點珍惜，替拉鏈掃掃 WD-40，閒時做少少補丁縫紉，為它尋找原廠配件（MUJI 文具），像 iPhone 只用原廠叉電線一樣，它或者可以活多一兩年。雖然多年來一直尋找替代品，但都物色了十幾年了，其實早該認命，明明都已經有一個長駐背囊，要是能遇到，早就遇到。所以我才常勸大家，好貨要一次過買兩件，你未必再遇到更好，好像這 MUJI 筆袋就沒再復刻了！而破舊的它也準備要退役了。

感覺像都老夫老妻了，老伴臨終我才驚覺後悔花了那麼多年溝嚦妹，一切都太遲，現在外出亦不敢攜同它，

只讓它躺在家中書枱休息，要出席會議時我會找代替品陪我，我像要靠 freshgrad 細路女找寄託的總理一樣，在外面用簡約風的皮革筆袋充撐場面，回家還是急急對住老伴，「還是只有你最明白我所需呀！」我想，貪新懷舊集於一身，似乎是人的通病。

能夠相處的時間不多，可能已經到最後一兩年，到底上一世甚麼關係，今世才會成為筆袋和筆袋主人呢⋯⋯這個答案就留給它與它的 MUJI friends 一齊研究一下。

# 水彩色磚

　　大學時，小弟主修視覺藝術，臨近畢業時，要籌備畢業展。畢業展分三個階段：策展、展覽、拆展。於是，我加入了畢業展籌委會。

　　有好多朋友都在自己的畢業作品未完成之前幫忙策展，為同學考慮如何安置他們的作品，很偉大吧？他們超可靠的說！不過我嘛，是很 cheap 的──加入籌委會，由自己安置自己的作品，總好過被像我這樣的人代勞吧？天知道我會如何對待你的名著？防人之心不可無！為了防止我這種人出現在籌委會，我必須先加入籌委會，去監察有沒有像我這樣的人；加上，作為 deadline fighter，十成不會在交畢業功課限期前順利完成作品，限期後學校就會封鎖現場，讓籌委會專心籌備展覽，加入籌委會可以佔用 Chinese painting room 作為作戰基地。我別無選擇，回家帶同老寶廿幾年前露營的被袋，駐校宿營了。

　　當你是籌委會成員的時候，其他豬朋狗友都會對你拍膊頭，希望可以藉著朋友的名義，在 Chin-paint 房工作一至兩個小時，又或者甚乎卑鄙地、不知廉恥地、假裝有意無意地訴說自己的作品理念，希望可以感動籌委會，令當局者為他的作品安排一個更加好的展覽位置。當然，作為公正而懶惰、懶到懶得得罪人的我，所有要求我都說好。然後？就沒有然後了，反正安排策展的討論是閉門會議，我也不用向任何人交代。當然，我可以理解同學們的焦慮，學業生涯最後一個展覽，暑假後可能九成人都不能成為藝術家，所以這個展覽，亦有可能是全個生涯的最後一個展覽，自己的最後一件作品。

展覽如期進行，我在展覽 set up 最後一日，即 opening 當晚的正午才完成自己的作品……時間超緊迫，然後當晚竟然拿了一個獎項，超離譜，除了天分，我想不出其他理由。展覽由七月頭去到八月中，而同期進行的，是 Chin-paint 房基地的撤離行動，要將兩個月內的所有物資清走。望住一房雜物，我與同學瘋狂吃著大家買下吃不完的營多撈麵，呆坐了幾小時，還是無法動手，實在不想動手！要我形容當時的墟冚情況，是 tidying up with 那個日本女人的節目，連續一季十集需要整理的物品的總和。大部分同學完成展覽後，偷偷拿走自己的作品，留下一大堆垃圾（或者你可以說是文化遺產），例如 Year 1 時學國畫花幾千蚊購買的高級宣紙、羊皮墊、一整套毛筆、油畫工具；便宜像拖版、貴重像鏡頭，都通通都留在這裡，沒有帶走。

作為身兼策展人或拆展人的我們，無論如何都必須要清走所有物件，於是我們將所有畫具及器材，乾脆放在當年暑假那班下莊在學校舉辦的手作市集兜售，直接將畢業同學（別人）的物品，能源再生地賣給師弟師妹，賺了幾千（每人），人工多過我教畫……

原本可以賣完所有，但最後我自己保留了一盒水彩色磚，作為該次展覽結尾最深刻的回憶。我的大學生活，似乎三年都像這樣，與一班像拾荒者的人，撿別人的營多吃、瞓課室、蓋 cutting map 保暖、偷版畫室的花灑洗頭、拿絲網印刷房的風筒吹頭……很 cheap，很快樂。

# 43

# 瑞士軍刀

瑞士軍刀出產、取名為 Classic 的輕易版萬用刀，其實是沒用刀。刀鋒削泥如鐵；銼刀密度太高，根本不能銼些甚麼；隱藏於 logo 上的牙籤極易遺失……全把刀只有鉸剪最為鋒利實用，但它是我老竇送給我的鎖匙配飾，是否足夠解釋所有了？

中六時，小弟出國留學，在上機前哭哭啼啼的時候，婆婆給了我一封大利是，阿媽送了一件羽絨給我，女朋友給我戴上手織頸巾。就在那一刻，老竇突然發現，原來送機是需要準備禮物的，於是送我這一把之前一直掛於他口袋中的瑞士軍刀，作為餞行禮物。老竇說這是家族代代相傳的寶刀，居然是一把 6cm 的萬用刀……我反射地問了一條完全不應該發問的問題：「即係阿爺㗎？」老竇說不是。

他說代代相傳，只是我老竇那一代，傳到下一代（我），有兩代就足夠叫代代相傳了！以後將家族姓氏發揚光大的責任就落在我身上了！都冇問題……不過，假如大家擁有常識，或者又會知道，其實上飛機是不可以攜帶萬用刀的，即是說十分鐘後這把刀就會被安檢人員掉進垃圾桶；又或者，第二個選擇──當時安檢人員提出，如果時間不長，可以將物件短暫寄存於機場失物認領處。他問我要飛幾耐，我誠實地回答了：「兩日。」我沒有說的是飛兩日之後，我會在北愛爾蘭逗留兩年，我不知道在漫長的人生中，兩年算不算短暫。總之，半年後，我回港放聖誕假，真的在失物認領處領回這一把瑞士軍刀。或者是緣

分，又或者真是代代相傳的寶刀，注定要陀住。

寶刀的鉸剪功能，在我大學入讀視覺藝術之後大派用場，經常用來在 set up 展覽場地時剪索帶，當旁人都在輪一把鉸剪的時候，能夠擁有自己私伙武器也算是一種優越感。

後來寶刀都經歷過另一次危機：那一年，剛畢業的我在金鐘出現時，被自稱為執法人員的物種搜身，然後以攜帶危險性武器為理由沒收了。一個有展覽正在展出中的視覺藝術學生，身上有一把萬用刀，原來是極度危險的事。那一刻，我由衷為寶刀感到驕傲，從來都沒有人承認過它的威力，直至遇到這一個在香港唯一擁有武器的官方組織，將它定義為極度危險性武器。如果寶刀有膊頭，我會想拍一拍它的膊頭：「終於有人承認你的威力了！」

由於寶刀被沒收，但我又沒有被捕，事件就不了了之……現在在我 key holder 內的那一把，已經是寶刀 2.0 了。寶刀教識我，有些力量、武力甚至權力，你不需要真的擁有，你只要相信你自己擁有，總有一日，會有比你更荒謬的人出現，承認你真的擁有。

# 44

# Polaroid

寶麗來送來一部即影即有相機，開心到我飛起，因為這真的不是我會花錢購買的東西。相機的價錢令購買相機太需要理由，加上即影即有有點太少女向了⋯⋯雖然一張張實體照片拿上手的感覺也不錯，但如非拍拖都不會用得著。現在廠商送來了一部，反而好像有需要快脆找一個女朋友，拿寶麗來拍玩具有點浪費吧⋯⋯

於是？沒有於是，沒有人會因為這點原因去找個女朋友好不好？但寶麗來是一部關係重要性確認機，首先它超大部，基本上是單反 size 了，而且一次只有八張相，你肯帶出街已經表示到你有幾重視那次見面；加上在影像如此便宜的時候，菲林要 $150 一盒，除開廿蚊一張相，說得過去嗎？有甚麼人你願意花廿蚊去買一個合照機會？明星都不會吧，反正這世代的明星都貼地得很，合照機會多到有找。如果細看自己電話內的相簿，可以刪除的照片，應該超過 50% 吧？

寶麗來不像任何能記錄生活片段的拍攝器材，一來太貴，二來光暗、可拍範圍、動態拍攝都太有限制。它是那種真的要你說出口「嗱企定定，笑⋯⋯咔嚓」才有機會得到一張清晰照片那種阿媽型相機，拿著照片，請你自己重組記憶，你於照片前後正在說著甚麼？誰拿相機？當日做過甚麼？照片記不下來，不能依賴技術，請各位自己負責任把回憶收好。當我察覺到這些之後，我也來到 Isa 姐生我的年紀了，竟然還有機會體驗會覺得影相也是種高消費活動的情況，是這種感覺嗎？機會有限，所以想留給

珍視的人，絕不隨便拍拍，每一張都只有一張，不會拍多 just in case 的十多張，所以貴重。

長大後，技術很便宜，機會很便宜，旅遊的機會、美輪美奐的背景都很便宜，貴重的物件已經不多了，能夠意識到「貴重」的機會，也已經不多了。不是任何時刻都有影十張的機會，不是任何合照都有下一張，由從前到未來，任何時刻，其實都只有一次機會。如果能夠理解，我們可以更珍惜彼此的關係嗎？

不會的，珍惜這一詞，出書才出現。

# 45

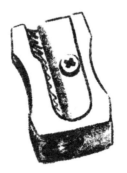

## 銅製鉛筆刨

韓國有一個節目叫《我們結婚了》，找來藝人們，要他們假裝結婚然後做一些任務，從中探討二人對愛情的態度、自己的人生觀及思考，好奸詐的節目！奸詐在保留一絲曖昧的戲碼，讓觀眾充滿遐想，又可以代入偶像的另一半位置自行腦補，以前都可能要找記者夾新聞，現在根本就是光明正大地創作緋聞，同時又戴盡頭盔，即使後來兩個人被狗仔隊攝下任何偷拍照，也可以說是節目宣傳，計到盡呢。

如果要拍港版，大概應該要改成《我們結束了》吧，你有沒有看到本地傳媒報導藝人戀愛的風氣？緋聞期總是鬧哄哄的，愈多對手愈好，主角也不用承認甚麼，好好享受見報的機會就可以了，不過一結合就等於雪藏期，然後整段戀情最高市場價值的部分，總是分手的時刻，運氣好的話還可以充當受害者，以可憐之名獲得「沒有被珍惜」的美譽。而群眾普遍沒有想過，其實被分手的人，可能本身也不是那麼值得被珍惜，還是喜歡看著人墮落再扮成鋤強扶弱的人啊香港人……

《我們結束了》還可以找一些真的分了手的藝人啊（有好多的）！看著他們在鏡頭前面請大家給他們二人一點私人空間，同時公開地一邊說著「不想評論……」，但一邊眼濕濕地像懷念對方般的數著對方不是，數狗一小時。講到自己曾經連對方的缺點都深深愛上，但其實目的真的只是公開對方缺點而已，也從中突顯自己的包容指數。分手後的戲碼一定比戀愛還要多呢，還要從以前的

共同朋友圈中各自掠奪勢力範圍，發起聯署爭取朋友支持度，都差點想搞公投到底是次分手誰是誰非、誰是本屆慘情會主席？

有看過那些分手後報導的都知道，其實大家都是政客，把語言藝術拿捏得峰迴路轉，一句「不想把事實公開，傷害對方」，這個本身已經是中傷啦混蛋！事實可能是你不想把事實公開，因為你自己本身都其身不正，但同時也好想傷害對方吧！

最後一個環節應該是要看著鏡頭，向曾經的愛人說一些告別話，大概……是一些假裝道謝，但其實現在自己活得比對方好的語句。這方面就不需要編劇了，去大家的社交平台，從一千張繽紛色彩吃喝玩樂的照片之中，找回一張黑白 filter 過的照片吧。Hashtag 是 mtfo 嗎？恭喜你！你要找的不是這一張，是這黑白照的下一個 post！那充滿陽光氣息的照片！下面的 caption 就是你要尋找的本集節目金句：「我很慶幸自己還有一班好朋友教會我甚麼是無條件的愛，原來做回一個舒服的自己，也很可愛……」每次看到這些說話時我總是尷尬地皺著眉笑了出來，超虛偽吧……但還是欺騙到好多人，哈。

吖！還未說圖中的鉛筆刨是甚麼，這是朋友掉走的；前度給她的禮物，對她來說是討厭的回憶，想掉，但不得不承認，東西是很漂亮的，於是我偷走了。完畢！跑走！

**46**

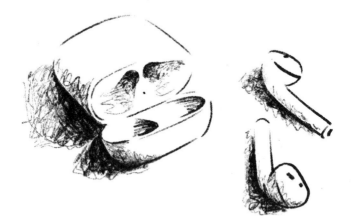

# AirPods

　　我本來討厭藍牙耳機，但後來想清楚，其實我是討厭一定會把它遺留在某個地方的自己，連有線的耳機我都可以遺失，何況是像散銀一般的藍牙耳機呢？將一件完整的東西拆件，一共是有三件東西可以遺失啊！最大的問題是，弄丟任何一件，你都要買全套！其實好想那些公司可以只推出單邊，因為好想看看到底世界上的人是遺失左邊比較多，還是右邊。

　　大概花了五年的時間尋找適合自己的耳機。我對於音質不太講究，反正公司已經有非常優質的喇叭，我聽喇叭就好。我比較著重價錢和外形顏色，畢竟是大約每半年就會遺失一次的東西，$500 以上是不用考慮的；我也不想經常轉款，所以已經停產的也不用考慮，亦因此非常努力去找一些大眾臉的耳機，就算轉款之後也不太察覺的那種。和所有東西一樣，找到好適合的，就會一次買兩個，雖然會過了保養，但我從來未試過用到耳機變壞，所以沒所謂，到後來我都直接用 iPhone 耳機就算，所以，當它改變設計，沒有再用 3.5mm 插頭時，實在令人苦惱，以後就不可以同一個 earphone，又插電話，又插電腦，於是我索性留一個在公司。

　　本來是不會購買藍牙耳機的，但只是她要求，就買給她吧。她大概說了一千次「真係好好用」，我始終仍未明白到底有幾好用，不就是少了一條線的耳機一對。「是但，你高興就好。」我應得求其，雖然真心。她問我有甚麼好抗拒，嘩，好多呀！不喜歡藍牙耳機的原因嗎？只要拿下

一邊，它就會自動停止播放，我討厭那種懶醒，就知道自動休息，但不見得會自動開始工作⋯⋯懶惰的產品；少了一條線，當一齊聽同一首歌的時候，分享耳機的時候，總覺得連繫性少了點甚麼，不夠親密；如果耳機是配飾的一種，用一個這樣主流的藍牙耳機，周街撞款，就跟周街個個都駕駛的 Tesla 一樣，相當沉悶吧？手機鈴聲都已經一樣了，耳機都要一樣嗎？堅持用有線耳機才算態度！雖然以上種種都可能只不過是一些否決藍牙耳機的理由，但總之，本人對新產品的接納性好低，但非常喜歡跟她有事無事找些東西來爭拗。生活不算太精彩，給對方製造些少麻煩也好。

她走後，兜兜轉轉這對耳機又交回我手上，還套上一個粉紅色雲石紋外殼，逼我日戴夜戴，嗯⋯⋯是但，你高興就好。最後還是拗輸。

# 隱藏版匙扣

這鎖匙扣，不需要五十年後，又或者你可以當我們今日 time loop 了，今日已經是五十年後，但其實都與今日無關，由匙扣一早被製造出來開始，它就已經是一件歷史遺物，簡直像魔法世界之中的禁忌物件一樣，差點以為它有甚麼神奇魔力呢。首先，它應該是最快絕版的匙扣，現在你已經無法找到工廠生產這件物件；其次，你也不能被人看見你身上有這一件物件，但你又知道身邊有好多人都有這一件物件，而這一件物件只不過是一個好普通的鎖匙扣，然後你會有機會因為這一件物件捲入一些麻煩，單純因為這一件物件上面是某一個字體寫著這地區的名字，然後產品就變成隱藏版了。建議以後這裡只留下新界和九龍。

我常幻想這個地方終有一日會在地球上消失，至少名字會在購物網的運送點列表中消失。在這裡，不可以帶著一個有地區名字的產品出街，是多麼有趣的一個設定呢。不如直頭禁止這地方出現，反正歷史上，每一寸地方也根本都不需要人類給她命名。地方的命名，只不過是一個被人類霸佔一幅地的過程，然後強行給她一個名字，就當那是自己的地方，都算；然後在那地方出世的人，就一定要成為連繫著這地方的名字的人，都算；假如霸佔這地方的人，還想控制這片土地上面的每一個人，就未免太霸道了。不過，也不是沒有例子，也很常見。

常見，不代表可接受。在這時代，從事發表、言論、創作之流的工作，太多話題、太多可以成為題目的事件，

雖說不愁沒貨很重要，但說話時，可以「有啯句，講啯句」，同樣好重要。我們從未試過「有啯句，講啯句」要付出甚麼代價，因為指鹿為鹿，指狗為狗，是理所當然的事，只是這十年之間無啦啦，每每要考慮代價，話語用法強行被扭曲了意思，就例如「代價」一詞。有人會認為「有啯句，講啯句」是需要「成本」及「代價」，但其實說真話之後受到責問及打壓，怎能叫成本或者代價？

在等價交換的原則下，成本、代價，是交易時理所當然要付出的，但指出事實並非一種交易，也不應計算，一旦代入對方自訂的規則或圈套開始計算，就本末倒置。「別跌入對方不合理的規則，而令到自己過分計算。」是這鎖匙扣、這兩個文字，提醒我們曾發生的事實，也是我們這代人有幸親眼見證的史實。

# 48

# Fx-50f

每個年代都有專屬的計數機，基本上過了中學之後，就完全用不著，不過反正也賣不走，加上多數都會被隔籬位貼上一些無聊貼紙，算是讀過中學的紀念品，然後就一直在書枱櫃桶裡定居。雖則說是太陽能計數機，但這麼多年沒有在陽光之下活動過，應該都無力還陽。

記得第一日得到一部計數機好快樂，不用再自己花精神計那些婆乸數，怎料兩星期後已經要學如何撳計數機，比起數學更加複雜；有時被身邊的懶好笑同學鎖機，就更加麻煩──一個二個總是在考試之前偷偷鎖上別人的計數機，然後計數機就會不能活動一段時間，大約 5 分鐘左右，要反轉放在枱面，因為要等它自動熄機才可以解鎖。究竟是甚麼人設計這個功能？不過，有時看見同學能夠在計數機之中打到一些顏文字出來，也很可愛。

長大後，太多數要計，不過不是用計數機計，可能用電話？有時連電話也用不上，更多時間是心算。要計的數，才用不上計數機呢……好多時候只是加加減減，不出兩位數，可能是 19 點與 20 點的分別，到底今天要花幾多時間在工作上呢？可惜，明明數學很好，但心算總拿捏得不準確，以為兩個鐘頭做完的工作，兩個半鐘？三個鐘？有時要她放工在街上流連上一小時，我才趕到見面，總是拿工作作為遲到的藉口，還大義凜然地覺得自己正在為將來做非常實際的打算，不能責怪我吧？雖然她也從不責怪，只是現在就會覺得自己好蠢而已，還說自己數學好……

有時會在考慮到底自己份工作，都在服侍甚麼人？自己最終想服侍到的，又是甚麼人？突然覺悟到，可能以往想將自己放到太大，也將自己的工作信念放得太大，總是想影響著甚麼人，可能其實最終影響到的，就只有自己的 schedule。別誤會，我仍然好喜歡我的工作，只是現在想得比較多？我那在我計數機上貼上貼紙的、數學很差的愛人，以前曾經計過一條數，是這樣的：

假若我們平均有八十歲命，

每個月同朋友見一次，

每次兩小時，

一年，就是二十四小時，

都只等於一日時間。

今年我們三十歲，如果距離終點尚餘五十年，即是剩餘的見面時間，一共為五十日，即這一生相見共處的時間只有個半月。如果你當每一個你身邊的人，都只得個半月時間相處，你們有甚麼事會想完成呢？你還會有時間失約遲到嗎？還有時間亂找人攝時間嗎？還有時間拍散拖嗎？我數學好，但不夠聰明；她數學差，但好像很有智慧。

# 49

# 著草櫃桶仔

收拾房間從來都是一件非常中產的事。看過很多空間整理學的書籍及紀錄片，最大機會得出的結論還是斷捨離，「你到底是否真的有需要？」、「它對你有甚麼意義？」、「家裡有沒有類似的物件？」、「是否可以再買？」……好多問題，我都可以一一解答：「無需要、無意義、有類似、可以再買但我現在就想要！」這才是購物的樂趣對吧？假如可以靠扔掉來解決問題，世界上根本就不存在空間問題，所以某段日子大 hit 的整理學節目《Tidy Up with Marie Kondo》實在膚淺至極，同時我又很能夠理解為甚麼女生們會迷上這節目——大概大家都很想對每件將丟棄的物件大灑狗血，又多謝又擁抱又剩，懶靈性、懶治癒吧，虛偽。如果學她 tidy up，本書應該只存在於齋噏。

斷捨離是多餘！最大的矛盾，就是騰出的空位，又會再次引領你買入新物品填滿，「原來可以放個櫃！」於是你不明所以地造了個六千元的櫃，再買六萬元的新物品填滿個櫃。所以今日就是要告訴你，你完全不需要再在乎「斷捨離」這三個字，因為幾乎每一次購物，都是無必要的。的確，從來未有一件物件是非買不可的，世上只存在「買得蠢」和「買得冇咁蠢」，基本上你所有需要擁有的物件一早已經擁有了，所以大概只有在入伙新屋時的物品添置，才是最買得其所。你真正需要的，其實是面對自己真的非常喜歡買無謂東西的習慣。既然所有購物，都是買得蠢，那麼就用蠢的方法，解決更蠢的問題，都叫抵少少。所以今日要分享一個「Tidy Up with 晉寧」的故事，因

為「嗰度騰空咗個位，不如畀錢買個櫃。」——我正是這方面的愛好者。

由於我發現執拾旅行行李時，異常容易忘記帶備晚上除下隱形眼鏡後要用的膠框眼鏡；轉插器也是直至旅行前一刻才找不到的高風險東西；護照、電話卡，帶得這樣漏那樣；打開書枱櫃，嘩……是六十八個不同國家的硬幣，所以……我捨棄了一套床頭櫃上的漫畫書，騰空五至六寸闊度，在十二元家品店買了三個三十元的全透明可疊式櫃桶，放置我的旅行用物品：一樓放旅行時專用的銀包及散紙包，為避免貨幣混亂，我會乾脆轉用另一個銀包；二樓是護照套，一次過放入護照、回鄉證、電話卡；三樓是行李唥的鎖匙、轉插器、旅行時超容易忘記帶的眼鏡及隨身藥品。以上是我基本的旅行組合，現在都住在床頭的同一棟大廈裡面了。看著它們，令我時刻盤算著下一趟旅行，頓時工作力量大增！

能夠用購物令自己充滿魄力，同時減去旅行前緊急時間下經常要面對帶漏東西的小煩惱，實在是非常有計劃的舉動，我一直為那次「買得冇咁蠢」的購物感到自豪，直至……

某一次去旅行前，又在家中收拾行李，時間無多，總是每一次都裙拉褲甩地出門口，情急之下以為自己好醒目地將全組抽屜放進行李箱內，然後……然後我差點將自己的護照寄了倉……所以，千萬不要掉以輕心，就算你的購物選擇如何精明，千萬不要忘記！你本人！就是蠢材！

**50**

# Gundam 噴射器型 Tumbler

由 Gundam Café（已結業多年）販賣的 Discovery G 系列第七彈，由新潟縣燕市工藝製作品牌 Vernier Tumbler 出產的 Gundam 噴射器型金屬真空杯，使用高品質的 18-8 不銹鋼，雙壁結構令溫度不容易改變——宣傳內容是這樣形容的。至於作為顧客的我，只在乎它是否忠於原著地重現到高達 RX-78-2 噴射器的造型。而且成件事實在包裝得太有型，令購買過程變成一種文化活動，你才願意乖乖付 7,344 円，買一隻杯。

你沒眼花，只是主題 Café 紀念品，還要是最「行」的杯，而且不是馬克杯，耳仔都冇隻，賣接近 $500 港元，還需要搶購才有機會得手，到底目標顧客是誰？（自動舉手投案）

首先 Gundam Café 有好多條產品線，當中 Discovery G 系列是以投入日本傳統工藝為招徠的高價餐具品牌，以高價、匠人製作、限量等去強調商品罕有度，而我們這堆踏出社會工作一段時間、廿到尾三字頭全力投身於工作、沒時間砌模型又深愛高達的粉絲就正中下懷！

7,344 円，明明旁邊就是相近價錢的 Café 限定版模型，但每個砌模型的人，一旦經歷過全上色的過程之後，就回不去素組（不進行加工上色改造，只組合模型本身內容），就像去過韓國吃正宗炸雞後之後，回不去港式偽韓式炸雞店一樣。限定版模型，大多數是以成型色組合來擺設，非模型友追求的工藝品。既然追求工藝品，不如直接買工藝品。

匠人文化，是隨住年紀增長，才懂得慢慢欣賞的。打開衣櫥，你會發現自己已對幾年前於 H&M、Zara 買到的奇怪款 fast fashion 不感興趣，最後留下的大概是重磅數挺身淨色 Tee、最普通的 zip up。現在比起 print，更追求質料，因為你知道甚麼是永不過時的。就像 MK 時期會迷上浮誇大背包、極重火力、加對光翼的 Strike Freedom Gundam，但現在更懂得欣賞 inspire 這堆設計誕生的 RX-78-2、工業味濃的 Zaku；你會翻閱歷史書，研究 1979 年推出的高達武器與 1977 年《Star Wars》中光劍設計的關係，匠人文化中包含著汲取經驗、剪裁、打磨、改造，通通都可以在模型中讀取。

望一望 MacBook 旁的 Gundam Tumbler，繼續努力工作吧！暫時不是砌模型的時候！現在是耕作期，先將打磨、改造的想法和能力放在自己的工作，成為匠人吧！與模型的再會，就定在可以收割的季節（主要是濕度低、可噴漆的秋天）吧。

# 51

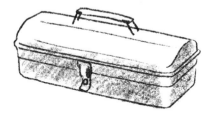

# Toolbox

自 1997 年《四驅兄弟》於電視播放之後，多了好多細路拿著工具箱出街，裡面通常放三架四驅車、大量齒輪、幾粒摩打，以上是一般細路的全副家當；又明明，愛車人一般落街，連四驅車都不會放落地玩，帶出街完全無用武之地，但仍堅持帶上一箱家當。重點不是實用，重點是要見人，原理等同落轉超市都要揹個靚手袋一樣，可見當時每個細路的心態都是一樣貪慕虛榮的。

當時田宮模型推出過一個四驅車專用箱，然後老竇說真男人是不用那一種假工具箱的，於是我得到了一個較便宜的、五金舖買的真工具箱，超級大，可以放至少六架四驅車；問題是太大，玩具一直在入面掉來掉去，改良後才沒有問題。雖說是改良，其實我只是用一條毛公仔蛇放入去當海綿，填滿多餘空間——這是我的第一個工具箱。由於我不是一個有能力擁有好多零件的細路，所以連上層的零件格也是空空如也，但只要我不在人前打開箱子，就沒有人會發覺漏洞。老竇說我是舢舨充炮艇，成語太深，完全不知道是甚麼，總之有炮艇兩個字，就好像好威水，幸好那時沒有參加任何四驅車比賽，否則我會向人介紹自己：「你好！我就是大埔區選手薛晉寧，參賽名字：舢舨充炮艇，請多多指教。」

家中充滿林林總總的工具箱——Isa 姐那些工具箱，放滿水晶，不是現在那種能量水晶，是 90 年代曾經非常流行的穿珠仔玩意。我也不能理解為甚麼好哋哋一個可以換照片的相架，要用水晶珠仔穿成，瓦解它的換相功能；

我也不能夠理解為甚麼好哋哋一個蘋果形全盒，要用水晶織個保護網去包圍它，感覺好像平時買生果有個網包住一樣，只是材料變成了三尖八角的水晶。老竇都有一堆工具箱——爺爺是一名木匠，裡面放滿爺爺留給老竇的工具，以及他自己收集回來的零件，但我也說不出用處，例如有被整齊平均地切開的單車呔內膽、不同大小的木塊、來自不同的鋼錶多出拆下來一節節的錶帶，到底保留的意義是甚麼？大概他們看我的工具箱也是同樣的感覺吧，似乎全個家族都在收集一些別人不能夠理解的東西。

後來連我自己房中都愈來愈多工具箱，放首飾工具的、放高達模型配件的、放畫具的，有一個是放散銀的，本來將英女皇頭像的銀仔整齊地放在零件格內，但後來因為下層空空如也，就將所有錢箱的銀仔通通倒進下層了，現在重到拿不起。我估我大概是喜歡分類的過程吧，聽落好整齊，但我可以兩秒內又將它變回混亂狀態，也是我持續收拾卻也持續混亂的狀況，家人不能夠理解的狀況，我好早就習慣了。當大家說著「你不能理解我的」的時候，其實通常內心總是渴求著被理解，但其實是不需要的。

人是為了解喜愛的事而活，而不是為了被了解而活的，我估計這也是某些工具箱可以被鎖上的原因，就是懶得向人交代。

藏品部

# 52

# 襟章仔

與其說是襟章仔的故事，不如說我就是那個襟章仔。襟章對我來說有著神奇的吸引力，有一種成就解鎖的感覺。

我在一間校徽不太美觀的小學中長大，當時校徽被製作成一個個不同顏色的襟章，品學兼優的同學上台領獎時，除了家長至愛的證書之外，都給學生一個小玩意——襟章一個，然後那個襟章就會被釘在校褸的胸袋上。當時學校的信念好像是「創造未來」，在胸口上釘上一個代表「創造未來」的襟章，的確好像幾有大志。不過，只要你做過學生都知道，成績這回事，是沒有風水輪流轉的，通常考第一的永遠都考第一，考第尾的永遠都考第尾，是好悶的。好彩我永遠高不成低不就，每個學期都叫做有點進退，這才叫人生。我並沒有得到創造未來的認同，但至少都叫活在當下。

雖然羨煞旁人，但成績好的同學也有煩惱——得到太多襟章。90 年代的怪獸家長不會為你報 1000 個興趣班，但肯定會將你拿到的所有襟章，一次過釘上校褸。最初一排在校徽下面，到後來圍住整個校徽，再後來呢？幾乎沒有一絲空間可以看到校褸的底色了……看著同學的胸袋像護心甲一樣，真的好沒美感啊……居然有一點慶幸自己的成績很差。「美麗的設計，釘一個就夠」，是小學已經有的概念，現在回想起，年少的我還真是太有智慧了，後來看見美麗的襟章都會叫 Isa 姐給我買一顆，可能是用來彌補獲獎無數（真的沒有數，也沒有得數）的童年，連頒獎

台都未上過一次。

時間一跳，某年，一月一號，居然上了頒獎台——屼咤樂壇流行榜頒獎典禮。每個 DJ、歌手除了個人服飾之外，都被分派了一顆金色的屼咤火襟章。襟章由 999 純金打造，就像每個港姐都要配備一定價值的鑽飾一樣，壓台用——不，開玩笑而已，只是一個普通質料的襟章，但它是一團火，作為理念承傳的象徵。加入一個工業，就得承擔起這一份工作的責任與樂趣，警世味甚濃，我將襟章長放於冬天最常穿的 duffle 褸那個最近心臟的內袋之中，有一日可以留給兒子（希望不會出現），像日本男高中生畢業時會將校褸第二粒最近心臟的鈕扣送給心儀對象一樣。能夠認同自己日常工作的信念，是一件幸福的事……以前的確會這樣想，但後來會發現大家對「火」的定義不一，就無須多加理會了。人只要順從自己的原則而行就足夠，其他通通都是不必要的枷鎖。

近年已經沒有收集襟章的習慣，假如每個襟章都代表住一個精神，要背負著自己不太認同的精神活下去的確有點無謂，所以就開始製作自己的襟章了。而本人的精神，大部分時間都是不太精神，但至少，是為了自己喜歡的、認同的事而付出精神，都算不賴。

成就其實沒有指標可言，如果需要靠別人的肯定來衡量自己的作品價值，那動力叫被動力。觀眾聽眾，易得易失；等人認同，患得患失。能夠批判自己的只有自己，能夠認同自己的人，也只有自己。做好自己，心安理得。

# 53

# 草莓 100%

愛情說明書是也。本書有四個女主角：

1. 跟男主角興趣絕配，文學氣質系美少女的東城綾；

2. 萬人迷 girlfriendable 可愛小惡魔系的西野司；

3. 青梅竹馬、妹系鄰家女孩的南戶唯；

4. 身材真寫級，運動型潑辣女孩的北大路。

至於男主角嘛？是被東南西北捲入風眼中央的真中。名字設定得像戰隊一樣，紅戰士名字多數以赤、紅去起名，粉紅戰士必定叫桃子或小桃，其實是幼兒書吧⋯⋯是小孩看的戀愛說明書！所有男生都是真中！我們樣貌平凡、廢、身高中等、有一兩個固定甩皮甩骨的損友，可能設定上只有一點微小的著眼點，大概是我們未達成、但正一步步向前邁進的夢想？不過可以肯定的是，我們都不是真中，可能畢生以乘數方法計算，也沒有四個女生瘋狂迷上自己。

我有懷疑過，真中可能是同性戀者，他欠缺一種直男基本特質：獵食。獵食不是指喜愛夜蒲那一種，但至少你有一種佔有慾，把想要的東西設法得到手。比起獵人，他更像動物保育人士，永遠處於「百鳥在林好過一鳥在手」的狀態。而保育人士最後要接受的命運，是不論他們有多愛惜動物，那堆動物最終必定被另一堆動物溝晒。這樣說好像有點歪曲事實，因為那種愛惜根本不是愛情！說得真中，真中對四位女主角那種既愛惜又不愛惜，也根本不是愛情！

如果真中是食家，四個都要，還比較情有可原。四個都是女朋友，總比四個名分都不明不白好。假如你有辦法滿足到四人，她們又願意，你情我願，各取所需，其他人怎麼看已是其他人的事。所有對他人關係有意見的人只是花生友，至少你有辦法令身邊人開心已經足夠。不過真中的做法是一味拖延逃避，以對其他人溫柔為理由，拒絕為任何人做出任何決定，說到尾只是等人自動離開，看看誰留守到最後，自己就不用選擇，不用飾演壞人了吧。

第一次接觸這漫畫，好羨慕男主角，想試試被女性們纏著的經驗，所以到近年才會高價購回這作品。原本打算回味，卻不知不覺討厭起上來。或者是因為代入點改變了——以前覺得自己像真中，好平凡，總祈求得到奇遇；現在看起來，相似的地方不是平凡，而是這些年來，大概也逃避過一些問題，也拖延過一些人，也被一些人拖延過。

再給我選擇的話，明明應該一早和西野司拍中學拖，大學住 hall 當然要選擅長水 game 和會露大腿的北大路，最後與善解人意又幫助到自己工作的東城綾結婚！南戶唯尚未發育，溝完要坐監就不列入討論範圍了。男子漢大丈夫，應該管理好時間運用嘛，作品現放床頭長期警惕自己，做人要勇於做選擇，一世也不要與像南戶唯的女性拍拖。

# 54

# 木野真琴

關於木野真琴，市面的有關她的商品，便宜的，我大部分都擁有。事情是這樣開始的，某一日，我被發現我的銀包中放了木野真琴的閃卡；另一日，我被發現了我是單身的，從那天開始大家不辨別前後還調亂左右地，同意小弟女朋友就是木野真琴了。我是樂於承認的，因為我真的好喜歡木野真琴，望著她的演出，是我小學時唯一飛奔回家看《美少女戰士》的理由──留意，是望著，不是看著，因為基本上她做甚麼，根本毫無關係，只要是有她的鏡頭，都是同樣美好的。

喜歡一個人的原因需要麼？不需要，但喜歡上一個人的原因是甚麼，卻好像可以分析一下。以概率而言，90% 小學至中學男生都對紮馬尾的美麗女生毫無抵抗力，剩下 10% 是同性戀者。不，不一定是這樣的，但很大機會，信不信由你；至於其他因素，就等小弟簡單解說一下。《美少女戰士》裡面有五個人，月野兔、火野麗、水野亞美、木野真琴、愛野美奈子，除了分別代表月曜日至金曜日（星期一至星期五）之外，還代表了五種性格的女生。三歲定八十，從男生對美少女戰士的選擇，就可以對他的擇偶條件略知一二，今天就同各位女生分析一下，讓大家挑選男生的時候可以有些少參考。

好，分析開始。首先，貴為主角的月野兔本質上是一個八婆，說話粗聲粗氣、聲大夾惡，是那種以為自己男仔頭就可以群男仔堆那一種潑辣型女性，看似攻心計但其實很蠢，喜歡月野兔的男生都是懦弱的人，參考例子有禮服

矇面俠；火野麗單單穿鞋不穿襪這一點已是時裝大忌，其他事我已經不想作任何評論，喜歡火野麗的男生穿衣普遍都沒甚麼品味，參考例子有熊田雄一郎，那個下巴留了幾條稀疏鬚渣又不整理的人；水野亞美是嬌小型智慧女生，性格溫柔堅強，但重點是短頭髮，喜歡水野亞美的男生搞不好就只是喜歡短頭髮而已，別想太多；愛野美奈子應該是五人中最閃閃發亮、顏值最高的一位吧，喜歡美奈子的男生請你好好再想一想，你那是喜歡，還是愛；至於木野真琴呢⋯⋯

真琴是一位有義氣、擅長烹飪、手工、夢想是開花店的一位紮馬尾的普通女生，喜歡真琴的男生呢，喜歡上一個人之後，其他人有甚麼優點都好，不論顏值、性格、智慧如何出眾，他都不會看上眼，因為他眼裡就只有普通的真琴，只要能夠相處的時間，都是同樣美好的。但好可惜，這樣的男生只活在動漫世界，勸大家還是儘快跳回現實比較好。至於擇偶呢，選喜歡就好啦，選喜歡就好！

## 55

# 悠長假期 OST

最高段數的 Cosplay，除了 100% 重現角色外形，更重要是將角色的內心跟自己的調換，浸淫在角色生活的世界中。首先在外形上我已經放棄了，心知自己欠缺先天條件，無謂勉強，本人極其量只有勇氣沉迷在自己的幻想世界，OST 是我的戲服。如果說小弟的節目有甚麼與其他節目不同的地方，應該就是我偷偷展出了自己的 collection。不是播出了甚麼 indie 作品，而是節目內用到的 BGM，由天氣音樂至各遊戲環節、日記，都一一混入了自己喜愛的日劇、動漫作品 OST，而且會根據環節的重要性，採用不同珍貴程度的 collection，像《野豬大改造》、《求婚大作戰》、《律政英雄》這些 OST 就只會在寫得超努力的廣播劇才會使用。至於《悠長假期》，至今還未使用過。

系統是這樣的：當你熱愛一套日劇，就想重組劇情，將氣氛投放入自己的作品，但該日劇中最常聽見的音樂則不能使用，因為會 distract 大家，將大家的記憶勾出來，思想就飛向那經典了，而經典是無法戰勝的。最好的位置是介乎記得與忘記之間，是心理學，例如疑似抄襲的歌曲，其實總是比較流行的，因為勾起潛意識，好似以前聽過，明明是新歌但感覺很親切，帶出作品好入腦的錯覺，其實作品未必好入腦，而是旋律根本一早已經在你腦內做好儲存，而採用日劇中的偏門作品亦有同一計算。換言之，OST 中的大熱作品都不能使用，可以採用的音樂，可能一隻 CD 中得一兩首。《悠長假期》OST 不能使用的原因，是裡面根本沒有 side track 吧！

雖然《La La La Love Song》才是《悠長假期》的主題曲，但 Cagnet 的音樂貫穿全劇，《Deeper and Deeper》熟到識背，每次行入酒吧就聽到 Section-S 的《Noisy Life》，還有接吻時的《Silent Emotion》、鬧交時的《To Live and Die》，連起音樂位都歷歷在目。一旦採用在節目中，連混音製作時都會想著劇情，太令人分心，所以決定將它封印，只作獨享用途。走在自己安排的場景，headphone 播放著劇內 OST，接下來的時間任由你自行腦補。

雖然有一個失婚的山口智子誤闖入屋企的橋段太超現實，要說服自己是失意鋼琴家的木村拓哉亦太牽強，不過人勝在有想像力，而想像是可以毫無廉恥的。要演出類似角色可能還需要帶點代表謙虛的羞愧，但人最緊要對自己誠實。能夠偶爾在自己的世界，幻想自己舉手投足都超有型，也是一種有趣體驗，不用想得太噁心。情況其實和小時候的你，把熔岩和吊橋的影像投射在地上的階磚的遊戲差不多，只不過現在我自己寫出來好尷尬就是了。

**56**

# 東京事變

　　我唯一一隊買齊所有專輯的樂隊，叫東京事變，嚴格來說，我不能叫 die hard fan，不太能夠分辨不同階段的班底組合對樂團產生的影響。跟大多人一樣，喜歡東京事變的原因，都是由跟隨椎名林檎開始，直至她 2003 年宣布隱退，才轉會追隨由她擔任主音的東京事變。我喜歡上東京事變的原因，是因為《Killer Tune》，看著各成員在滲透日光的滂沱大雨下愉快演奏的 music video，沒有華麗包裝，沒有絕橋，但盡情地享受自己音樂的快樂直打入內心，連歌詞都未曾了解的我一聽愛上，只不過我迷上東京事變的時候，已經是 2013 年。

　　2013 年，東京事變都已經解散了成年，我不明白為甚麼一直沒有喜歡上，但緣分冇得拗，死死地氣繼續聽下去，只要你未夠了解，對你來說，那就是新事物。我四圍撲，由《教育》開始，《大人》、《娛樂》、《SPORTS》、《大發現》、《Color Bars》順次序逐隻專輯買回。還好只是解散一年，入手難度還不算太高，而且只有六隻，成軍至解散也只有八年。全件事，實在太期間限定。

　　以「電視」作為創作概念的東京事變，每一隻專輯都代表一個種類的節目，最後專輯以《Color Bars》作結。機緣巧合下，我亦在東京都內的 Tower Record CD 架上，買下他們最後一隻專輯，封面就是 Color Bars——視覺上，節目已經全部播放完畢。我記得當時我還要吸一大口氣才把它拿起，因為對我來說，全件事太有重量，好像以一整個企劃帶出：「我們已經完成我們想要完成的創

作，所以我們結束了。」不是市場容納不到而結束，不會有重組去回應 fans 的消息，不會再全員集結出現在綜藝節目上叫大家感觸一番，完結就是完結。全件事一開始就是一件貫徹始終的藝術企劃。

迷上甚麼人，不多不少都想成為他們，用不同的追隨方式接近他們、拉近距離，而我想選擇的方式，似乎只有創作。附上我最愛的《閃光少女》最後一段歌詞作結：

焼きついてよ、一瞬の光で
（以瞬間的光芒燃燒殆盡吧）

またとない命を使い切っていくから
（將這珍貴唯一的生命給慢慢用盡）

私は今しか知らない貴方の今を煌きたい
（除了此刻其他一無所知 我希望讓當前的你閃耀光芒）

これが最後だって光っていたい
（即使到了最後 我也想要綻放光輝）


p.s. 後來東京事變在 2021 年推出新專輯《音樂》，我第一次有機會在專輯剛推出的時候第一時間入手，卻犯賤地，以喜歡程度來說，我是會將它排第尾的。

# 57

# 20 世紀少年

託深井朋友之福，我在「深井人」的面書專頁，得到一套完整的《20 世紀少年》漫畫，一套廿二期，還附上兩本續集《21 世紀少年》的上冊及下冊，齊章。浦沢直樹大概是當代漫畫家中的敘事之神，《20 世紀少年》內長達半輩子的抗爭，由童年策劃到老年的世界毀滅程序，劇情之複雜，廿二冊能夠完事，簡直是奇蹟。

簡單形容，能夠引致毀滅世界這個局面的，是基於一場開始於 70 年代的小孩子遊戲。以健次為中心的一班小學同學，小時候組成了一個朋友圈，他們喜歡扮成地球防衛隊，玩保護地球的遊戲，還創作了預言書，寫下將會有邪惡集團策劃恐怖襲擊的未來——在機場設下炸彈、發動細菌攻擊，洛杉磯、倫敦，一個個城市相繼淪陷，最後以機械人襲擊東京為大結局，到時地球防衛隊就會出動，保護地球。殊不知，幻想中的敵人、恐怖襲擊、激光槍甚至機械人於長大後都一一如預言書的劇情一樣出現了，敵人借用了「健次一派」小時候設計的朋友圈旗幟作為標記，自封為「朋友」，健次一派雖然知道「朋友」必定是小學同學中其中一人，但疑團一個接一個衍生。2000 年除夕夜，終於來到了機械人踏入東京的一幕，健次一派雖努力嘗試阻止恐怖襲擊，但被偽造證據誘導大眾認為他們是恐怖分子，相反「朋友」則被封為末世的救世主，勢力還滲入政府內部，設立友民黨，進一步控制世界。抗爭失敗的健次一派，隱姓埋名，開始過著被通緝的地下生活，繼續準備著應付「朋友」下一次的陰謀。這時候才去到漫畫的一半。

　　70 年代，不可能是我的時代，也九成未必是你的時代（我估，我看了 IG 及 FB 的 statistics），那是屋邨仔通山跑的年代，但大家都有過童年，有過想成為英雄的歲數，想改變世界。甚少小學生會覺得，世界本應如此污煙瘴氣，將來想成為看似正義的大反派；最好不用成為必須要計劃一切、還要承擔責任的大魔王，但又至少可以做到中級管理層，得到一些基本的權力和福利——應該沒有細路會如此期望的。

　　其實長大後所期待的社會或自身人格，也應該不會與長大前所預期的產生太大落差，但現實是任何場合，還盡是一些不願意為自己的言論負責任的傢伙。沒有明確的大魔王，只有一些嘍囉，我還真的叫過人嘗試改變世界後被指「太自大了！」、「以為自己是誰呀？」這樣那樣的批評，還真的會發生這種情況呀……

　　請別誤會，改變世界，是不分好壞的，那是一種少年對動漫的熱情，只要你有足夠信念令事情發生，不論你是持續抗戰五十年的健次一派，還是只是為了製造話題而將預言書踏實地一步步實現的「朋友」，也是一個好厲害的角色。假如你認為世界如此醜陋，毀掉也好的話，請付諸實行，來試試把破破落落的世界破壞掉呀！請花點力氣！只在網上發表一兩句廢話就甚麼都改變不了；再沉迷占卜之說，占完又內心掙扎也沒有進程；再多想法停留在腦海之中最終只會一事無成。到最後，不是正義朋友，也成不了邪惡核心，只是和應著、反對著，最終會在廿二期漫畫之中，變成了其中一格過鏡的路人，還拿著那一格向別人沾沾自喜的 21 世紀老年吧。

## 58

# 100 円の恋

《百元之戀》在 HMV 門市結束營業時，賣十蚊港幣，價格比一百日圓，稍稍贏一個馬鼻。

在香港 HMV 門市結束營業的時候，大家爭相搶購玩具及科技產品，CD 都還好，但 DVD 一角卻落得相當冷清的局面。我一直都歸咎於它的外盒包裝 —— 為甚麼 CD 及 VCD 可以有一個八角的四方透明盒，但 DVD 卻是一個長方圓角膠盒？根本用不著長方的空間……翻查資料，居然是因為這是 VHS 錄影帶的尺寸，可以用回 VHS 的貨架……好白痴，你難道不可以用 CD 架放 DVD 嗎？況且 VHS 錄影帶……世界上所有收藏都在微縮化，所以才會由黑膠變為 CD、由分 A、B 碟的 VCD 轉為一隻碟的 DVD，但現在你居然說因為要填滿原用的貨架，所以要加大個包裝，然後那個影響一直由 DVD 出世至到衰落，也還在沿用這一個設計，連看錄影帶的年齡層都已經在電腦上看電影了好嗎？沒有一隻 DVD 的包裝算得上精緻，即使是藍光。

我在 DVD 的貨架上找到了這一隻《百元之戀》，終於真的跌到落近乎 100 円的價格呢。明明是不可多得的好電影，安藤櫻演出的社會失敗者角色，其實是好多人可以代入的寫照 —— 沒有甚麼東西想做，反正做甚麼也只是換來失敗。一次又一次的失敗，連在便利店打工也要被上一層的員工壓榨，明明大家都是收銀員；找到戀愛對象，但戀愛對象只把自己當成消遣對象，根本可有可無；整天躲在家裡，甚麼事都不做，連家人都看不起自己。

人類在沒有自信的時候，連口齒也不清，安藤櫻的角色在頭半套戲，幾乎每句說話都不夠膽大聲說出口，因為覺得自己沒有資格。世界上會有好多人去胡亂提出不負責任的意見給你，當然你沒有理由去聽從，可是也沒有理由去拒絕呢。「若然不去開始的話就永遠都沒有第一次。」這是由正在侵犯她的前輩，一邊脫去她的衣服、一邊說出口的說話。人生就好像一邊被剝奪、一邊被說著漂亮話去教訓你一樣，世界上沒有任何機會可以給你喘息，直至你憤怒，你忍無可忍，已經不想再過這樣的人生，也直至你已經輸無可輸，想反擊開始。

想為自己而戰，想反擊，於是好好鍛鍊、拚命鍛鍊。人生大部分事情都不由自己控制，每天的厄運、仕途的不如意、愛人的背叛、家人的忽視，全部都不受控制，但至少出拳的力度，還是在自己手中，去跑步、去練習拳擊、去將整副心力投放於自己的武器，把所有受過的冤屈，一口氣發洩出來！將憤怒化為力量，至少還有一件事想贏。《百元之戀》是一套令我流好多次眼淚的電影，而且提醒人，眼淚流完之後，就要繼續鍛鍊，我們還有比賽要贏。

# About Time

Obe 喜歡看的電影，與我喜歡的種類完全不一樣，她是喜歡天使的禮物、人性的光輝、生命中的奇遇那種名字類型的電影，好像活著真的有甚麼好值得期待一樣。以我的電影分類法來說，即是沉悶電影、女人戲、喊戲，就是看到海報已經覺得是沉悶的那種電影。我都知有好多東西值得感恩，但單是活著我就已經筋疲力盡，實在是不太感恩。所以一直沒有一起看，到後來又要自己找來看。

說來有趣，原本打算看《Me Before You》，但因為海報太似，買錯了《About Time》，就像第一次我們去日本就以為一定是去東京，到最後才發現原來 Osaka 的中文是大阪，最後我們買錯去大阪的機票……風格果然好統一。《About Time》是講述男主角一家的男性都有穿越時空的能力，可以回到自己經歷過的過去改變一些事。特別喜歡男主角老竇輕描淡寫地說出來：「講個秘密你知吖仔，其實我哋全家嘅男丁都係識穿越時空㗎，你入衣櫃嗰度實個拳頭試一試吖。」就這樣交代，男主角就開始穿越時空之旅。

假如讓你學識穿越時空，你會用來做甚麼事？廿一歲的男主角 Tim 非常清楚，假如要令自己人生更加完美的話，當時他最需要的就是一段愛情，這樣才是正常人嘛！根本完全不想拯救世界甚麼的。於是，他利用他的能力捉摸女生心理，可惜第一年暑假想追的女孩，無論怎樣回到過去，女孩都總有理由拒絕他。時光倒流的第一課：穿越時空不能令人愛上自己。

　　到後來 Tim 去到倫敦發展，遇上一個命中注定、一見鍾情的女孩。非常喜歡他不斷回到過去再與女孩經歷第一次約會那段，一般人一生只可以與最喜歡的人有一次第一次，是好是壞也是一段好浪漫的回憶。不過有好多次第一次也不知道是好事還是壞事，你可能可以改變一些過去發生過的壞事，但同時你也必須放棄一些現在正在發生的好事。

　　故事最吸引的並不是穿越時空，事實上 Tim 也不是太常用穿越的能力，又或者應該說不是太想利用這能力去改變一些大事，最可愛的是我記得他利用這個能力去重複求婚，務求令老婆滿滿意意，事實上他大部分穿越能力都是為他人而用的，從別人的幸福中找到自己的幸福。

　　非常幸運的 Tim 有一個同樣有穿越能力的爸爸，可以一齊討論穿越時空的旅程，裡面的人生見解才是這個劇本最珍貴的禮物。老實說，假如我跟你說，能夠步行是一種 super power，也許你也會不以為然，但其實步行對於原始人來說的確是 super power，能夠兩足步行之後，我們可以騰空兩手，可以一手拖著自己喜歡的人，一手抱住你們兩人的兒子，是不是很幸福？我們會不會因為習慣了步行，而忘記了這也是幸福？

　　擁有時空穿梭最幸福也最不幸的，或者是會令自己忘記當下。當你知道自己有第二次機會，或者你會忘記珍惜第一次機會，或者你會忘記留意每一天的美好，或者跟所有人一樣，過著日日如是的生活，也不是太差。或者我

們最終追求的幸福，跟世界上所有人其實也差不多，我的
幸福也不過是跟她在戲院門口，爭論要看哪一套電影，各
不讓步的時光。

# 60

# SLAM DUNK

《男兒當入樽》漫畫，出版過幾次，初版、完全版、新裝再版，每一次冊數都不同，而且封面也不同，井上雄彥老師總是非常精心地為再出版的漫畫畫上新的封面海報、特典，對現在還是唯一一套真正感覺到汗水的運動漫畫，而漫畫從來都是我人生的教科書。

只是一個短短三個月內的故事，一個夏天的故事，天才籃球員櫻木花道，從對籃球一竅不通，直至成為比賽的關鍵人物，甚至受傷可能以後要完全退役，三個月內的劇情，還真是峰迴路轉。很喜歡裡面那種寫實，那種有付出、有收穫的踏實感覺，由完全不會射球，到練習完射二萬球之後，在比賽中見證修練的成果。

夢想是打進全國大賽。本來非常渺茫的希望，因為今年有足夠實力的新人加入，得到可以信賴的隊友，一齊為著同一個方向前進，作為最後一年打高中學界的赤木和四眼哥哥應該最感動吧，沒有擁有著同一方向的隊友，有些事情，是自己再努力，也不可能做到的，那年湘北是一支可一不可再的好球隊呢。

我喜歡宮城良田跟彩子的設定，也沒有特別說明二人的關係，但宮城需要彩子鼓勵，需要在比賽場上被這一對目光凝視著，只要被這個人凝視著，他就是最強的控球後衛。

湘北入面，每個人都有不同的問題要處理，三井壽要追回放下籃球兩年的空白期；宮城要克服自己的高度問

題；就算流川楓作為一個被譽為最強新人王，一心要到美國發展，也被安西教練教訓，名台詞：「連日本第一都未能做到，談甚麼向世界出發？一步一步向前邁進吧，在籃球的世界，沒有捷徑！」其實在任何世界都沒有捷徑吧。每個人一生中充滿著一千萬個問題，能夠做到的，就只有不逃避，逐個去解決了。

對櫻木而言，要找到自己的人生目標，已經是《SLAM DUNK》結局十七年後。在井上老師的後作，另一部籃球漫畫《Real》之中再次看到櫻木花道的名字，就在漫畫中的其中一格，一個非常非常不顯眼的角落，是角色拿著的一本籃球雜誌中，其中一頁招募新秀籃球員的廣告中的一句標題寫道：「明日的花道可能就是你！」說明了櫻木在未來，真的成為了一名職業籃球員。在漫畫以外的櫻木，在大家看不到的時間線入面，也在努力成長。

一生人之中，最光輝的時間大概只有一兩場，必須好好抓緊那一場比賽，盡情發光發亮，因為你永遠無法知道會否有下一場比賽啊。放棄的話比賽就完結了，努力求勝吧，不要得過且過的活著，不要只消磨時間，燃燒青春吧。

# 61

## 志明與春嬌

我們一起看的第一部電影，雖然不算光彩，叫《獨家試愛》，在沙田新城市以前的 UA 戲院看的，但才第一部電影，通常看電影不是重點，重點是一起。那時還未開始拍拖，第一次兩個人出街，她挽著我的手，我不知道一男一女出街可以有這種福利，知道之後就約得更多了。不過，由於我們是鄰座同學，在學校已經經常一齊活動，但在人前又不可以這樣挽手，所以經常一齊去沒有甚麼人的新翼那邊，找那部在頂樓的水機㪗水，在沒有人看到的情況下就可以親密一點。其實也不知道在避開甚麼，正正經經拍拖不就好了嗎？反正遲早都要拍。

2010 年《志明與春嬌》上映，那年是大學的年代，除了在戲院看過之外，好像在她家裡斷斷續續都看過幾次。她家裡總是有些甚麼盒子之類的放映設備，但我們好像從來未曾完整看完過一部戲，就算是以前租 VCD 的年代都好像未試過，因為通常租完，她父母都差不多放工，也就是說是時候需要走鬼了。那時在 VCD 年代，我總在想，如果可以只租 A 碟就好了，反正 B 碟用不著。《志明與春嬌》是甚少能夠完整看完的電影之一，原因是已經是 DVD 的年代，而且一邊看，她會一邊指著電視說：「你呀！你啲戇鳩嘢呀！」其實我估每個男人都有點張志明，總有一些長不大的地方，又每個女人都有點像 Obe，喜歡指住電視說：「你呀！你呀！」

兩年後，第二集《春嬌與志明》的時候，除了一齊入場之外，當時不知是宣傳還是甚麼，公司入面有好多這

部電影的精裝版 DVD，我記得好像是模仿安全套的包裝。由於臨近節日，我便拿了一隻做那年的不知是情人節禮物還是聖誕禮物。忘記了，超級求其。總覺得拍拖拍到一定年份，就不會再在意禮物之類，我也試過情人節封利是給她，所以有禮物已經算相當有心思。雖然是免費的贈品，但意外地她好像很滿意，奇怪的女人。我沒有告訴她，本來她是會得到 $500 利是的，不過算了，比起利是，她應該都是寧願要求其的禮物，數口很差。

第三集《春嬌救志明》，七年後，慶幸我們仍然可以一齊看第三集。之前做過一個電影節目，提到如果可以三集都和同一個人一齊看，是非常難得的運氣。好在我在平時運勢都比較差，儲下還未用的運氣，正好足夠我們七年後還可以坐在對方鄰座，還可以一齊偷運超市的食物進入戲院，而且我記得最後一集好像是在香港文化中心裡面的大劇院看的。當年是香港國際電影節的其中一部電影，我們受到邀請但還在偷運食物入場，如果讓主辦單位知道，真是失禮到極點，但我也真的不介意讓別人知道，世界上就是有這麼一個人，願意陪我一齊，人間失禮。我也像志明一樣，是被拯救了的人，是她每一次都令我，不得不長大，但同時，又與我一齊，不長得太大。

以往市面上愛情電影一般都是以得到一個人，或得回一個人作為結尾，甚少形容兩個人穩定之後的故事發展，可能因為比較平淡？慶幸我們曾一齊走過多多少少部愛情電影，不算平淡，雖然也不太特別。年月裡面，知道得更

多別人的故事之後，有時覺得可能每一對愛情關係之中，都有千個旁人不知道的小故事，有時就算知道也不能夠理解。只是兩個人之間的小故事，才是最深刻、最浪漫、最感動的、最好的故事。其實不太想分享出去，就留給地球上的兩個人知道，就算了。

# 62

# God Help The Girl

2014 年，Scotland indie pop band Belle and Sebastian 的音樂電影作品，名字來自他們 2009 年的 album《God Help The Girl》，但真正的音樂創作，則早在 2004 年，在樂隊巡演時寫的——這是一個超越十年的計劃。非常佩服創作過程，在進行 A 計劃的旅途中讓 B 計劃萌芽，而且接觸的層面愈來愈廣，project 愈來愈大。

電影故事影射樂隊中的個人經歷，但因為我也是透過這部電影才認識這隊樂隊，所以也才剛剛成為新樂迷，了解未算深入，這裡就不花篇幅去說明了，有興趣的話自己去翻查一下，電影倒是看了好多次。像這類型的音樂電影，有音樂，對白又句句有骨，最適合寫作時播放。

故事圍繞三個年輕人，Eve、James 及 Cassie，成立樂隊到樂隊解散的經過、想樂隊名字時的對話也很日常。Eve 是有厭食症的、喜歡音樂又有點迷幻的少女，好像永遠也觸摸不到的感覺；James 是有一點傲氣、弱質纖纖的文青；Cassie 有一種富家女兒的感覺，好難得識到兩個朋友可以一齊去冒險的樣子。全件事一個夏天說完，非常青春的氛圍。電影中一直有一個 Scottish 口音的 DJ 去說說當日天氣、芝麻綠豆的事情，用這個方法帶觀眾投入當地城市非常有效，我後來在《Jojo 的奇妙冒險》第四部《不滅鑽石》再領教了一次，所以看電影時都好像去了一轉格拉斯哥，相當有趣。

　　我很喜歡那種用音樂來說對白的格式，每個主角都有一首歌非常值得留意，喜歡 James 的《I Dumped You First》，在電影中沒有機會聽完全首，因為還未演出，他已經因為口多多得罪人而被打了一身。試問有甚麼比兜口兜面說出：「我飛你先㗎！」更加得戚？就是大聲唱出來；Cassie 的《I Just Want Your Jeans》有一種十八廿二的厭世感，加上少少漏風的口音，令件事更加 young；Eve 呢，最為神秘的角色，不過這種非常吸引的女生，初初認識的時候好像好多謎團需要解開，但在廿五歲之後，到你想認真發展一段關係時認識，將會變成非常麻煩，所以要認識必須要在廿五歲之前。好彩剛剛好，我就是在廿五歲時觀看這部電影，我喜歡《Act of the Apostle》，聽聽她說說自己的煩惱，繼續觀察她那奇怪的舉動，不是要一個解釋，只是想了解一個新的朋友；但廿五歲之後呢，通常會發現自己本身都已經夠多問題，實在沒有多餘的時間去處理別人的。而且是一個迷幻的別人，要自己好清晰、好聰明、好有耐性才有結果的，而這些東西，我在之後看的電影都學不到。不過有時調頭，再望回廿五歲時的迷幻點，應該還是樂多過苦的。

　　有時說別人迷幻，其實在別人眼中，自己也清晰不了多少，但當時大概是不自覺的，能夠在大家的迷幻期遇上，互相扶持一下，也算緣分一種吧，大家都是大家的臨時心理醫生。

小食部

# 63

# POCKY

你知道「煙 break」吧？一般吸煙者於工作期間都有一個煙 break，是不公平的、無煙人士享受不了的一飛煙休息時間。為了能享受到這個優惠，過去我也曾經嘗試吸一小口薄荷煙，但即時咳到甩肺，隨即生吞了半瓶水機裝的 4.5 公升蒸餾水，之後秒速戒煙，甚至戒了幫朋友買免稅煙，所以我沒有「每當點起一支煙便想起誰」的淒美回憶畫面。每當有人點起一支煙，我都想起好多人，和他們很臭的味道，但人總需要好好選擇和培養一下自己的壞習慣，否則便會惹上更壞的習慣──我選擇了 POCKY。

我的人生離不開 POCKY，也離不開幼稚地扮吸煙者般食 POCKY。我試過找代替品，發現一般百力滋欠缺外層朱古力溶解的過程，無法做到將止癮的糖分慢慢攝取的效果，跟攝取尼古丁的過程和動作沒有一絲相似；嘉頓手指餅就更加糟糕，全枝都包住朱古力，欠缺把手，無法一口一口瀟灑地吸啜，所以最相似還是 POCKY。

我訪問過身邊的吸煙者，對他們來說，吸煙像呼吸一樣，是最自然不過的事，但你會約同事落樓下只為呼吸嗎？由此可見，吸煙必定有一定的魔力，不必否認。我們不能理解是一回事，但不能理解並不代表樂趣不存在，只不過只有入會會員才享受到。看見同事們分享不同煙草，飯後幾個麻甩佬化身手作達人，交流捲煙心得，畫面亦相當有趣。我雖然參與不了其中，但我也想找點樂趣獨享，想找個提神藉口、沉迷事項、半夜落 seven 的理由、對各牌子各味道的研究，本來 condom 都能達到同樣效果，

但成本太高，而且好多時候都得個「買」字，所以結論就是 POCKY 了。新垣結衣都讚好。

POCKY 經，我可以單人分享五分鐘，你知道 POCKY 除了有地區限定味道之外，每年還有一兩款季節限定味道嗎？2017 年曾經有款超豪華的夏季繽紛期間限定版 colorful shower！個人叫它做煙火味，一包兩袋裝，同味道但兩袋都不同包裝，建議冷藏後食用。對我來說是波子汽水雪條味，但實際上是檸檬奶油鑲嵌爆炸糖粒味，奶白色朱古力上面有凍冰冰的七彩爆炸冰糖粒，而且最高級的地方是內裝袋一共有三十二款夏祭圖案，配合手機 QR code，掃描不同圖案包裝袋，會得到不同拍攝 effect！我第一包就抽中煙火呢！假如保存得宜，除夕使鬼出街逼？我可是有自家用煙火自拍效果！超少女心！單單此功能已超越香煙的可玩性及話題性。不是挑戰你們煙民，但你買香煙，手機掃掃包裝，拍照有致癌或陽萎 effect 嗎？沒有吧？ POCKY 完勝！

**64**

# 焦糖布甸

　　人生不如意事十常八九，比起小確幸，小而確實的不幸的小確不幸來得比較常見，於是學識自己主動在苦澀的人生中找甜頭，是與自己相處的一大課題。而最直接的甜頭，莫過於晚上十一時後，沖好涼、安坐在娛樂節目前，邊看邊獨享的甜點了。甜點方面，能夠為我帶來幸福感的，非焦糖布甸莫屬。

　　我曾經做過詳細調查，從甜度、蛋味、軟硬度、梯形比例、震動頻率、大小等方面，找出最好的焦糖布甸。由於極度講究認真，那一晚我與友人一次過買入市面上所有販賣中的焦糖布甸，在旅館進行布甸點評大會。為了持平，當晚刷了廿次牙、渴了 1L 水、大小形狀方面動用到量角器、電子磅、特別在驚安之殿堂買了震蛋 check 布甸動態，以最接近胸部抖動狀態最為性感，還順手在該店買了胸部抖動紀錄片以作參考。非常幸運地，得分最高者是定價 200 円的廉價布甸；非常不幸地，那是 Family Mart 的自家出品。怎麼又是日本才有賣啦！

　　沒辦法，點評大會在東京進行，麻煩是自找的，現在在香港買到的都只能是代替品，變相大大減低需求，感覺像望著一生最愛與他人結婚之後，愛情已與我無關，身邊是誰都沒差的感覺。雖然偶爾也會亂帶一些布甸回家，但都只是解決生理需要，當中是沒有感情存在的。

　　現在每幾個月會飛日本私會最愛幾天，但決不大手入貨偷運回港，因為實在不想感覺變質。它之所以高分數，或者是因為在日本相遇、瘋狂的品評大會、買了二萬円布

甸的奢華回憶，令味道昇華。為了保存幸福味道，是值得
用旅遊時最沒包袱的心情去迎接的。不要驚動布甸！

世事本應如此，「那些年」不要聯絡、中學校花別
看近照、愈好吃的切忌吃膩、真愛必定是溝唔到那位……
你懂的。雖然有時都覺得只為一個布甸而去一轉旅行的自
己相當浪費，又不是動漫……但浪費得有點動漫，可是浪
漫的定義呀！

# 65

# 波子汽水

小弟家中雪櫃永遠有三枝波子汽水，非飲用，裝飾用，但都幾實用，打開雪櫃看到它都會感嘆：「啊！夏天來了！」水色的藍，不期然令人想起暑假、泳灘、水著、炒麵、煙火、拓海、拓海隔籬位、那年夏天陪你一齊入戲院看《頭文字 D》真人版坐你隔籬位、你掛住欣賞 AE86 而她只在乎周杰倫那位……而那位，注定不是你現在身邊那位……唏噓！唏噓！

波子汽水結構神奇，神奇在不管你用甚麼方法打開，都會倒瀉，由於存氣設計太過精密，所以開瓶時的波子會像元氣彈一樣衝擊碳酸，令噴射相當有動感，基本上一開瓶，還未來得及喝上第一口，就已經損失了半枝汽水，就像你還未來得及親上第一口，就已經得罪了那條女，實在是相當搵笨的設計。但我估計，現在有超過一半人是貪得意，為粒波子才買波子汽水，一如有超過一半人是為了隔籬有個人才買飛入戲院，所以汽水有幾大枝完全不是重點，它其實是「氣氛嘢」，過癮比味道緊要的飲品。

對我來說，波子汽水的用途跟酒精飲料差無幾，最適合用於 O camp 散場之後，大家於中環碼頭解散時——黃昏未到，你和她意猶未盡，於是與她搭小輪到尖沙咀，在海傍 7-11 買了兩枝波子汽水，你論盡地開瓶倒到一身都是汽水，她一邊恥笑你一邊給你遞紙巾，然後你們從尖沙咀慢慢向九龍塘的宿舍前進，散了人生第一次最長的步。臨回到宿舍之前，經過當年未拆的理想酒店，心中播起 My Little Airport 的《浪漫九龍塘》，你們尷尬地

轉移話題，其實大家心入面都各有幻想，鏡頭 zoom in 你右手及她左手拿著的波子汽水瓶，在兩個瓶身互相輕微碰撞時，發出清脆的一聲「嗡」就完結這一集了。

現在想來，波子汽水根本是曖昧精靈的實體吧。看著得不到的波子，明明就很普通，但隔著玻璃瓶不知為何就是很吸引，不明白吸引之處卻還是很喜歡，應該就叫真愛吧！於是千辛萬苦，不惜破壞瓶身也要把東西弄到手。努力多年後的你終於如願以償，有天卻突然發現：「喂！這是普通彈珠吧……」下一秒那彈珠已不知被你放逐到何處了。那半透明藍的波子，雖然美麗，但與汽水瓶更加匹配，勉強冇幸福啊！像夏天一樣，一年一會就好了，一年一季已很難頂，因為大家都知道，夏天其實沒有太多著數，波子汽水除了夠氣之外，也其實不怎麼耐喝，曖昧與愛之間，還是存在好大段距離。曖昧精靈，還是封印在雪櫃比較安全，偶爾看看就滿足了。

# 66

# 日本 Family Mart 亞軍包

就算你不想知道我還是要告訴你，在日本 Family Mart 的麵包排名！是真的有的！

第三位是四層 pancake，有兩層餡料、楓糖和奶油，總之好味過平時在香港排半世隊先買到、用途為攝影道具的厚 pancake；第一位是日式菠蘿包，請幻想它為香港的菠蘿包但上面保留了網格造型並換上了墨西哥包脆皮質地，味道就是墨西哥包味菠蘿包，好意識流；第二位要壓軸才寫，因為它是我心目中的第一位，事實上它的內涵完全被外表拖累，同樣像墨西哥包脆皮的質地，抹上綠茶色，簡潔也美觀，但問題就在這裡！這不就是典型麵包中的庸脂俗粉綠茶婊嗎？跟市面上化同一款妝、同樣說一半保留一半意思、也追求著一樣價值觀的人生的漂亮臉蛋女生有分別嗎？

被大眾認同、廣義的「靚」，也有不方便的地方，「就算你靚，都係港女靚囉！」「港女靚」是一款樣來的，不過在麵包界並不適用，其實在任何範疇都不適用。人還是應該相信世界上還是有味道高、賣相好、價錢公道又買得到的麵包，也還是有顏值高、態度好、簡單誠實又娶得到的女生。如果因為先天醜而被抹殺機會是一種不公平，那為甚麼天生靚而被誤認為是麻煩人不是同一種不公平？只不過大家都習慣去鋤強扶弱，菠蘿包與綠茶包大比拼時，大家都會同情菠蘿包的普通，同時有一種「你綠茶係另一個 category 就唔好參加呢啲比賽啦！想點先！」的偏見，還未試過綠茶墨西哥包就急急印出冠軍證書給菠

蘿包了。同樣情況，一個繪畫比賽中，兩個平均實力的畫師，假如公開背景，一個出生於帝王之家、是富甲一方的上市公司社長，另一個是住劏房的窮學生，窮學生必定獲勝。再同樣情況，假如菠蘿包的對手是方包，大家都會覺得「方包居然可以匹敵菠蘿包？一定有秘密武器！係特級方包！」方包不用解釋，觀眾自動會研究甚至創作方包的故事，變成品方包專家。

世界是很膚淺的，大家只閱讀物件的表面，和自己願意想像的故事。沒有嚐過麵包界綠茶婊的人永遠無法知道，它根本不是綠茶相關產品。它的綠，是哈蜜瓜外皮的綠，咬開麵包脆皮，是橙色的哈蜜瓜果醬，咬下脆皮會分裂在口腔內但同時又被果醬黏在一起，改善了咬菠蘿包、包屑必定掉滿一地的問題。從食物發明上，已經高過菠蘿包不知幾多班，至於味道，就留給閣下自己嘗試。

# 67

# 飯素

對正餐的不講究程度直達宇宙級，甚麼都可以。充飢而已，甜品才是心靈上的需求，去餐廳叫餸永遠都是蝦仁炒蛋，因為懶得想，應該每間餐廳都有蝦仁炒蛋吧，如果沒有就求其炒個蛋。我是一個討厭試新餐廳的人，食開一兩間，就會一直都是那一兩間，唯一要求是不用排隊。食飯是休息，排隊休息？就好奇怪。

工作時間改變之後，懶得出街，在家煮食就變得更加日常，也即是更加過分。老竇會吃一個菠蘿包就算，我好些少，至少會煮飯。煮一煲飯，可以食六餐，至於餸，有時會煮，有時落飯素就算。好像好求其，但其實飯素以前是奢侈品，大概一百年前……二戰後普及，不要問我原因，第三次世界大戰都準備就緒，二戰的事就請你放下吧。

到超市選購飯素時，由於太方便，當其他太太在商量著下一餐要煮甚麼的時候、在研究環保袋夠不夠大的時候、在計算夠不夠錢換印花的時候，飯素的確滿足到我所有要求。不用選擇，只需要把魚類飯素排除，其他每樣一包就可以了，基本上家中的飯素已經有三十幾款，即是我一個月內不買餸，每一日都還是可以吃到不同的東西。飯素陳列有時會裝在一些小紙箱，散買一包就好像小時候抽遊戲王卡那樣，但大量購買的時候就會整盒拿走，連環保袋都不需要才是真正的環保；而且，一次過買三十包飯素，必定超過 $500，一定夠錢換印花！

　　經過好多好多事之後，已經沒有甚麼東西能夠給我驚喜了，我想很多人也是這樣，新奇的事情愈來愈少，但飯素還是帶給我好多驚喜，牛肉飯飯素可以食到令人懷念的牛肉飯味道；完全乾身的咖喱飯也好有趣；沒有雞肉的親子丼；這好像小時候經常看的《超級變變變》（即是香港人叫的日本扮嘢大賽），明明不是那種東西，但努力扮那種東西，很好玩吧，由 1979 年玩到現在就知道！全個國家的創作都好統一呢！

人生

# 68

# 普通紀念鈔

富二代曾於分享理財經驗時，憶述十歲生日收到父母十萬銀利是，最終存入銀行，當時一個小決定變相造就成今日的儲蓄理財心得。我感同身受。

十歲那年，Isa 姐給我 $100 利是代替玩具，不算絕！她不但不准我使用那 $100，還要求我儲起，未算過分！儲起的理由是紀念鈔，還未叫離譜！最離譜的是我明知那一張根本不是紀念鈔，只是靚 number，而且只是對我娘親來說是靚 number，不信？000334，靚在何處？解答不了吧。Ok，讓我來解碼，小弟名字為晉寧，000334，代表「寧寧寧生生性」的意思。那我生性又有何值得紀念呢？Isa 姐會勞氣少一點，即嚴格來說，受益人是她不是我，但責任我躲不過，始終 $100 也是錢，難道我要拒絕嗎？十歲的我可沒這樣的骨氣（現在也沒有），總之，我收到命令，將這張 $100 紙幣放於書桌玻璃下。十歲時就有機會體驗到「啲錢扎住晒」的感覺，相信不是每個小朋友都可以輕易嚐到的經驗。

對十歲小朋友來說，$100，其實好快就可以用光，但我半年都沒移動過那張銀紙，因為我知道我一移動它，就會有人移動我。我只可以不停拿自己手頭上的 $1 硬幣，填滿屋企的散紙錢罌，然後偷偷換走入面的 $10 硬幣——這是當時被迫入絕境的小孩想出來的財技。如果你要問我：「要那麼多錢有甚麼用？」其實我真的想到好多用途和用處，但比起以自己努力運用財技得來的錢，我更想可以用到「扎住咗」那筆錢，那筆直挺身的 $100！於是我

儲起用財技偷到手的 $10 硬幣，偷到夠數我就會去換一張 $100 紙幣，我希望找到一張 number 是 000333 又或者 000433、000343，一個類似 000334 的 number，那我就可以在神不知鬼不覺的情況下，換走「扎住咗嗰筆錢」！而換走那張 $100 紙的代價，則是你要換回一張新的 $100 紙放入玻璃下面。

由那時開始，我已經被灌輸一個概念：錢，無論如何，都是「畀一啲嘢扎住」，就像我們，任何時候都受一些東西壓迫，假若想反抗？努力找隻替死鬼，然後用你自己的力量，「扎住佢」。當你壓迫他人之時，你就不會再太留意到你被再對上一層人的壓迫了。

**69**

# 單車

在被停職的一個下午，我回到大埔，買了架單車。嗯，我覺得被停職後買架車去遊車河這個舉動好瀟灑，買不起私家車，單車都 ok。我們這一代有著太易滿足的缺點，只要可以達到目的，其實是不太介意過程勞苦的，都是兜風而已。

不是要標榜這代人捱得，只是沒有選擇。沒有選擇，就會想辦法生存，IG shop、busking、KOL，有好多這一代的生存方式，都是得不到第一志願而催化出來的 alternative choice。沒法行得到順風順水的道路，就自己兜路，算是低下層的生存智慧。

去到單車舖，老闆在兜售，我講出我的要求：「一千蚊左右，醜醜哋，唔會畀人偷嗰啲。」老闆卻介紹一架千二蚊，不太醜，會被人偷那一種……「醜就唔醜喋喇，不過可以幫你噴核突啲嘅。」好可憐，為了不被偷，決定要整容，整得醜樣一點，是不是很本末倒置？明明應該捉偷車賊，但為了防備單車賊，懲罰的卻是自己的單車，alternative choice？

Alternative choice 到底是好是壞？看似生活智慧，但也有一種退而求其次、屈服的感覺。為甚麼機會分配不平均就要我行一條荊棘滿途的崎嶇路？歌手就歌手，演員就演員！甚麼叫網上歌手？甚麼叫 YouTube 演員？為甚麼要讓步？讓步雖然不等於放棄，但讓夠一百步，其實差過放棄，放棄都尚有一份瀟脫，讓步卻是會讓靈魂慢慢腐爛的，你逐漸就會變得願意接受一切不公。

是智慧，還是屈服？我在打算要不要 take 在新單車上噴上噴漆這個 alternative choice 時，深深感受到作為這城市的這一代的可悲，但一千元以上的交易，就 take alternative choice 吧，才買了一日就被偷也不是辦法。知道自己可以承擔損失的能力，也是成長必修之一，不過，退而求其次也不能太求其：「老闆，全架噴啞黑色可以嗎？」

p.s. 最後還是被偷了……

# 70

## 御守

我記得那是我們第一次去日本，我把所有行程都交給女朋友安排，酒店、機票，通通都是女朋友給我安排的，當時我到底在做甚麼呢？我記得了！當時是好窮的年齡，我記得應該是剛入電台頭兩年？人工大概 $11,000 左右（雖然現在也沒有甚麼增長就是了）。她很愛去旅行，而我好怕去旅行，當然想去，但我怕計數，不過計數前都覺得計來無謂，一定不夠錢的，而她一定會借錢給我，要我一齊去的。

基於無謂的自尊心，我不想用她的錢，所以一直都是去去泰國，直到那年她在遊說去泰國或去日本，兩個地方都好像價錢差不多，我大概口快快說了好，她便興奮地計劃起來了。對於玩，她一向是好好的 planner，是遺傳，她全家都很愛玩，所以我極放心全交給她處理，我放心到在我到埗那刻，說了句類似：「終於我都嚟到呢個我真正屬於嘅城市喇！東京！我嚟到喇！」她大概回了句：「我哋喺京都喎……」是的，我只知道我們去了日本，壓根兒對抵達的機場、目的地零概念。

我們花了大概三小時由關西機場找路線去到明明是地標、極度易找的酒店，因為我們的 Wi-Fi 蛋好像有時會跳掣，而 Google Maps 也好像一點都不可靠，再加上我們在列車上睡到天昏地暗（雖然去到也只是早上十一時多，距離 check in 時間還有很長時間）。於是我們放下行李，就出去四圍漫無目的地散步了。兩個人都好享受散步，享受到平時各自在家吃完飯都會約出去散一散步，

不過卡路里卻絲毫沒有減退的跡象⋯⋯京都的路好像很簡單，從我們酒店向人多那邊一直行，就會經過幾條購物街，然後有個不知是甚麼名堂的寺院，好像是一小時內可以完成的行程。

在那不知甚麼名堂的寺院裡買了兩個御守，一個藍、一個桃紅，情侶御守。雖然老套，不過我們有好多物件都是一藍一紅情侶裝的，包括 iPod、波鞋、tote bag、背包，其實還有好多，希望可以好好守護我們的關係！長長久久！就算有一日失了憶都應該可以拿著這些一對對的物品相認吧，哈哈！

第二日，我們搭巴士，跟住旅遊書上面一個個景點找，但甚麼都沒找到啊！大概兩個人都是白痴嗎？是所有景點都找不到！連搭架嵯峨野小火車經過的竹林，都莫名其妙地錯過了竹林的入口⋯⋯到底是為甚麼呢⋯⋯進入了二次元隧道嗎？總之我們在總站下車之後，就租了架單車一直在住宅區左兜右兜，印象中明明是夏季卻遇到一間專賣聖誕裝飾的專門店⋯⋯雖然戇居，但沒有氣餒，相都照舊影了好多。回到酒店，我們默默把第一日在不知甚麼名堂的寺院拍下的照片亂 tag 做清水寺、金閣寺、銀閣寺⋯⋯就當我們自己去齊了每一個景點，反正每個寺院的外形都差不多吧，沒有人會留意到的！

大概到好耐之後（五年後？）我再和其他朋友去京都，才發現原來當日我們放下行李後，散步去到那不知甚

麼名堂的寺院，就是清水寺，我在現場笑到肚痛，拍了張
照片給那時已經不是女朋友的她，她也恥笑了我們的白
痴。就這樣，連少少可惜的感覺都沒有，幸福的感覺還是
一樣，現在回憶起來，可能我這一生都未試過失戀的感
覺，就算一齊，就算分開，深愛著的人，都永遠不會改變
吧——御守在某種說法上是靈驗了。

# 小學週記

　　小學時，每星期都要寫一次週記，如果遇到正常班主任，我們就要從每個星期發生的日常事件中，精華出一個教訓。至於我的日常……星期日騙婆婆到吉之島買盒高達、向同學追回他欠下的卡數（炒遊戲王遊戲卡的收入）、瞞住家人踩單車上學、用一隻翻版謝霆鋒 CD 偷偷換走同學家中的 PS1 古惑狼……以上，我還真想問，可以得到甚麼教訓？我可是從來沒有被發現過呀，為甚麼要作一個教訓給自己？這才是不誠實吧。

　　雖然一星期內我都講過好多大話，不算是個誠實的細路，但那是短視的不誠實，我只不過是貪圖享樂的蠢細路之一，相比起那些在週記簿中寫下自己的小錯誤然後「誠實」地「承認」，以得到「教訓」獲得老師認同，最後在早會大聲朗讀自己週記的那種同學，我心地還遠遠不算太壞呢！那位好同學承認的是甚麼罪名？他承認自己拿錯同學的功課回家，不知如何是好，於是替同學偷偷做好，希望神不知鬼不覺，無人發現他「偷」了別人功課，最後因為自己的不誠實行為，騙了老師和同學而感到內疚。嘩！英雄呀！

　　同年，我因每星期日週記都寫去海洋公園而被寫手冊，指內容欠新意、大話連篇……事實是，那是我最誠實地寫週記的階段——當年海洋公園剛推出年票，為了「圍皮」，父母每星期都帶我和細佬去一次海洋公園，長達一年，若果要說得到甚麼教訓的話，就是不要讓你的父母買年票吧（同樣也不要讓父母帶你上麗星郵輪吃自助餐一

樣，一天三餐都是自助餐，我每一次看到食物都想嘔。）
我把每個星期的海洋公園遊記寫下來，時間一天天過去，
當我寫到第五個星期時（才一個月），班主任在評語寫下：
「不想寫週記也不能說謊。」才沒說謊呀混蛋，你又不知
道我在面對甚麼！

關於去海洋公園的教訓，遠不及寫週記的教訓深刻。
週記告訴你，世界對你個人的真實生活不感興趣，大家想
要劇情、故事，但現實並不太奇幻，即使奇幻，你面前的
也不過是一份功課，曝光率頂多五分鐘，而且讀者也只是
一個公事公辦的班主任而已，不要太上心。真實的生活帶
來的感受，就留來與你一齊生活的同伴去分享就可以了。

p.s. 繼海洋公園系列的週記之後，我又連續寫了一段時
間《突然鬧鐘一響》系列，總之就是胡亂寫夠一頁
奇遇，最後一句以「突然鬧鐘一響，原來一切都是
場夢！」作結，結果同樣被寫手冊。

## 72

# 指南針

因為 Isa 姐身體太富貴，所以曾因一次旅遊意外，需要在北海道住院，期間我由於太沒事幹，於是又跟老竇去了跑步——已經約五年沒有跟老竇跑步。

那地方叫旭川，是距離北海道主要機場（新千歲機場）四小時車程的地方，偏遠程度已遠超住港島的人對元朗深井一帶地區的認知距離，事實上亦不是很像日本，好多草地、公園，商店與商店相隔超遠，建築物高度一律一層起兩層止。住宅區，非常寧靜，人少車少，窗簾全部都拉上了，簡直好像沒有人在居住的樣子，像 Ultraman 特攝片裡的情景，也像是歐美喪屍片的頭五分鐘，那個一隻喪屍都未曾出現的小鎮，而我和老竇就是這部戲的主角。

沒有地標的城市構成認路一大障礙，加上不知道旭川是否太偏遠，連我們的 Wi-Fi 卡都表示迷路，可以開拍一季《Wi-Fi 去哪兒》，於是老竇惟有帶指南針去跑步。是的，你沒眼花，是指南針，他的一般裝備，老竇教落：「不要輕易相信 Google Maps！」所以是我們太倚賴科技了嗎？不，老竇照開著 Google Maps，只不過沒有啟動他的導航功能，一手拿著電話，另一隻手拿著指南針，電話內的智能地圖，瞬間變成袖珍版的低智能地圖。似乎是他的執著，他說假如每個方向都有其他人告訴你，自己就會失去方向感，wtf，原來老竇的說話有時是有大智慧的！

在旭川這段時間，因為太多時間相處，發掘了很多 # 薛家老爺廢話語錄 以外的語錄，不知是否機緣巧合，可能我已經盡得老竇廢話的真傳，接下來似乎要學習嬉皮笑臉及廢話以外的東西了。

# 73

# 證件照

那天在大阪日本橋電器街買玩具途中，恰好要整理一下書包，騰出空間放好戰利品，以免在街上亂作一團。我走入了其中一個證件相快拍站坐下來處理，完事後本來有下一站要趕，要離開的，卻忽然好想繼續坐下去，不是因為「其實這幾年來都飽經風霜了……」這種理由，只是買得太耐，純粹真的想坐坐而已。恰巧是快拍站，對上一次拍證件相是幾時？畢業要寄履歷表搵工時，即是 2010 年，原來已經九年沒有拍過證件相！直至現在我還在發出去的文件，上面用的證件相還是那個廿一歲的我，難怪經常被說樣子太細個，可能是看完照片後先入為主的印象，明明我已經飽經風霜了呀！於是我開始拍新一張證件相。

快拍站收費 900 円，四張相，當然是同款啦，平均十八元一幅左右？我也不知道算貴還是平，反正有需要拍都要拍吧。投入硬幣後，有很多程序教你坐貼後牆、頭部要在指示線之內……其實好清楚看到自己是否坐得端正，比起別人亂給的指令，機器拍攝實在可信得多，而且還有三次後悔機會，可以重拍。勸大家不要貪心，拍到合心意就好收手了，畢竟你的樣子如何，你的照片也必如何，請考慮清楚是否相機的錯。光靚、背景靚、構圖靚、你唔靚的情況，仍然是存在的。

拿著兩款證件相作對比，對上一次是黑色恤衫，今次是黑色 T 恤，直頭髮變了攣頭髮。一直覺得自己這幾年最大的成長，就是眼袋的尺寸，現在看一看，嗯……其實也差不遠，好像所有東西都差不多，不進不退吧，多了一

份隨意，少了一份拘謹，但可能只有我自己才看得出來。不過其實證件相好像應該拘謹一點吧？是要表達給人家知道自己是認真的人嗎？而履歷表又到底算甚麼？三十歲的我可能還有轉變的可能性，拍證件相是以防萬一，但四十歲的我還需要履歷表嗎？還需要靠揣測別人對我的第一印象去換取工作機會嗎？

　　雖然已經好仔細地觀察過自己的轉變，但似乎廿一歲的時候問的問題，與現在還是差不多，證件相其實是拍得不錯啦，但我的表情應該更加疑問一點嗎？至少如果沒有機會製作新的履歷表，將來看著這個表情的我會比較有趣吧。

# 74

# UO851 機票

長話短說，明明好肯定是十點鐘起飛，但八點鐘我已經望住飛機起飛，我衝向櫃位，但連櫃位都已經收檔，連跟日籍空姐裝可憐 lur 地的機會都沒有，俗稱「車尾燈都見唔到」，隨便啦。總之我看錯航班時間，嚐到人生首次 miss flight，UO851 是我去到關西機場看到飛機已經離開後用一分鐘時間極速買入的機票，是小弟人生中最快定的行程。今天買票，十幾小時後起飛，只不過地點是回香港而已，我的冒失成就又解鎖多一格。想起來，明明去機場前還跟朋友在海邊拿著行李跑跑跳跳地拍照，又扮逃亡，又扮趕不上飛機，實在有夠諷刺。

雖然沒想過這樣戲劇性的發展會落在我身上，但其實我怎會真的沒想過？作為一個全無交通運的人，一年可以坐上三次死火巴士，滯留在高速公路，這樣的人生，miss flight 只是等閒事。一直以來沒發生只是未發生，若然未報，時辰未到，所以我已經一早準備好，若然有一日真的發生，我有甚麼應變措施。

首先買好機票（地球有 Wi-Fi 實在太好！），明天的節目注定不夠時間準備，所以乘南海鐵路回日本橋找酒店之前要寫好一份節目稿，內容要有足夠理由為甚麼大家要收聽我在大阪街頭做的錄音節目，當日剛好是令和年號開始之後的第一集節目，理由成立。寫好，check in 酒店，落樓下物色適合進行錄音的街道，當然可以酒店房錄，但 what's the point？人都在日本了，何不好好利用當地氣氛？趕還趕，還是可以好講究的，只要你知道自

己想要甚麼、想表達甚麼，實現的辦法是無限的，這是電台工作及窮學生做 artwork 時的經驗帶給我的機動性，在有框架下做創作，有時更能激發創意，我有時都幾驕傲，作為一個機動戰士。

最後，這晚餘下時間是我用幾千元換來的，旅行成本直接上升，不是一定要令今晚過得幾奢侈、豪爽、有回憶、有意義先叫 break even，與其考慮太多，不如今晚漫無目的，想做甚麼就做甚麼。要檢討的話，把這張機票放入 passport 套，下次就會記得教訓。我拒絕太自責及計較，反正年中都跌不少錢在無謂人事上。與其都是浪費，還不如浪費在自己身上，才叫抵死。

p.s. 事情還有續集，第二日航空公司櫃枱說飛機太滿，如果我願意乘再下一班機，可以得到約二萬日元賠償，反正節目都準備完畢，我又可以減少損失，實在完美！但後來櫃枱小姐又說：「哎呀！原來又夠位！咁你都係搭呢架啦。」唉，錯過航班並不殘忍，你想知怎樣才叫對人殘忍嗎？給他一個希望再拿走它吧。

p.p.s. 假如有機會為這故事寫一首歌，歌名會叫《關西事變》。

**75**

# Memo

Obe 好像有個習慣，只要有 memo 紙就會寫一兩張，留在我筆袋，留在我枱頭。早在連儂牆出現之前，我房裡頭，已經四圍都是這些備忘貼，寫的都是一些「例牌嘢」，即是 I love you、畀心機、著衫呀！之類的東西。試過在一件塵封多年的西裝褸裡找到「我都話冇買錯㗎啦」之類的東西，可能是提我 WhatsApp 她吧？都幾浪漫。

總是在提醒我這樣、提醒我那樣，因為我是絕對會在緊急關頭忘記最重要的東西那種人。例如我們第一次去旅行，我就忘記帶身分證，好彩有 passport；去 camp 的時候一定會忘了帶替換的內褲及毛巾及水；去停車場忘了帶車匙……但其實她的失魂紀錄也毫不輸蝕──只計電話，由中學開始，都遺失過幾次，我也總是需要提醒她不要喝太多酒、不要太夜瞓、不要太易信人，其實大家都是極度大意，但總覺得對方比較失魂。

她對我最長篇的一次提醒，是在一次分手之後，提醒我要做個坦誠的人，心安理得，有一說一，說一做一，要光明磊落，做一個輕鬆的人，以後要自己提醒自己，因為她不能再在我身邊提醒我了。但其實她也毫不坦誠，還是在我身邊不斷叮嚀著，煩鬼死。Memo 紙貼到周圍都有，連公司枱頭都有幾張，明明她只是上過來公司一次，在我的位置逗留過十五分鐘，行動何其迅速，忍者龜嗎？

Isa 姐曾經說過我們是一模一樣的人，兩個都極度失魂，真是物以類聚。既然是物以類聚，應該總可以相聚吧，

只要我可以做一個和她一樣坦誠可愛的人，願我們物以類聚到永遠。至於提醒這個責任，我還是會交給她處理的。在我心裡面，總是每天在每一件大小事上，都給我一點提示吧。

# 郵箱頸鏈

以前做首飾的時候，有一種首飾叫 locket，大約要解釋就是在二戰時候非常流行，其實是一個相盒，可以打開，入面有戀人的照片。首飾堂其中一堂是要學做一個盒子，學完之後，我做了一個四方形，入面是一個微縮模型郵筒，因為我在英國的時候，郵筒是唯一一個可以寄禮物給她的渠道，所以都算有點意義。

是一個黃銅做的郵筒，實在不能算是一個可以登上大場面的首飾，要襯衫也一點都不容易，但我還是做了兩個，湊成一對。我總是在做這種沒有甚麼實用性的東西，就像她向舅母學完一道新菜式就會煮一次給我品嚐一樣，我能夠做的也就只有畫畫圖畫、打打金、做一點勞作，之後就不知道還有甚麼可以做了。我總是嫌棄自己的不切實際，可能有點浪漫，不過浪漫會隨著時間消逝，當工作愈來愈忙的時候，我也不知道我有甚麼可以送給她。

不太清楚有甚麼可以討人喜歡──情緒化，喜歡興趣跟厭倦興趣的速度一樣快；好怕悶，但生活也不算好精彩。非常矛盾的一個人。長情？可能算長，反正人生好短，我也不知道甚麼才算長；至於專一，也不算好專一，都沉迷過幾個人，也是一樣，喜歡上的速度跟厭倦一樣快。這樣的人到底有甚麼好喜歡？喜歡上我，是她沒有品味，這點是不用爭拗的。

我喜歡寫信給她，因為世界上只有一個人，我可以放下所有形象，告訴她所有事情，所有想法。每個人對住任何一個人，不多不少都會有點保留，話到口中留幾句，

保護的是自己，因為沒有人值得百分百相信，但我有一個人可以百分百相信。雖然她會告訴我，我的想法有時是相當扭曲，但至少她願意聆聽。

作為一個有機會將自己想法廣播的人，有時面對一種風險——被討厭的風險。被留意的同時，也是被討厭的機會，五十五十。自問都算非常容易惹人討厭，這些機會還是可免則免，但人始終會有情緒，所以我會將一些實驗性的想法拿來跟她討論，有時討論完，我就不需要與全世界討論了，因為想表達的慾望已經發洩了，而且我也經常覺得群眾 99% 都是愚蠢的。我應該是討厭這個世界的，她是我唯一覺得美好的東西，不過可能做人做得太差，所以美好的東西被沒收了。嗯，作為一個天才，偶爾也會這樣失去所有信心。

比起識做首飾，我永遠記得，人生有那麼的一刻，我希望自己識做手術，好想可以交換身分。如果注定要分開，只有一個人可以留低，為甚麼不是她？明明她的朋友比我多，會傷心的人數一定比我多，我不能夠理解，為甚麼離開的是她。有時候會夠堅強，無限地釋放正能量，可是有時候會徹底地被擊沉，不知道還要在這裡逗留多少時間，也不知道我還要在這裡浮浮沉沉多久。

雖然非常討厭這個世界，但可以的話，還是想多多少少令世界變美好一點。有時會覺得這是在給自己不肯放棄的藉口，也有時會覺得這種不服輸的性格，是其中一種被她喜歡的理由。老實說，我也不知道自己在說甚麼，也

不知道有甚麼人有興趣知道，就算有，我也不想成為他人的興趣，假若沒有，我也不知道說出來的意義是甚麼⋯⋯人生要解決的問題，還真是沒完沒了呢⋯⋯不過職業上我知道，其實要為這篇文章定下甚麼意義，那麼⋯⋯像我這一刻一樣不知去向的人，我只能夠告訴你，就算不能夠給任何人理解，你也不是一個人；假若你在捱世界，只能夠告訴你，我也在這個毫無樂趣的世界，捱到死吓死吓。我不會叫你加油，就只能夠告訴你這些。

# 籃球機

我不算非常熱衷於籃球，她也不算，反正我打籃球只是因為身邊所有朋友都打籃球，其實比較享受輪候時談話的過程；她看籃球，也只是因為身邊所有朋友都看籃球，其實比較享受坐在長櫈，一班同學無無聊聊的時間。我們最熱衷的運動，叫籃球機，健身室中的單車機至少可以健身，籃球機呢？只可以花費，絲毫沒有健身作用。

中學時，沙田有個地方叫「新幹線」，有間巴士模型店、有間貼紙相舖、有間機舖，是我倆經常流連的地方。機舖內只有兩款遊戲我可以贏到這個人——測拳力機及籃球機，基本上就是屈體能（其實沒有體能可言）。我連賽車都會輸，後來陪她一齊練習自動波我就知道，一個「新牌仔」，一上車就踩到 70 的根本是車手，我不可能在駕駛上超越她，甚至連駕駛高達都會輸，這一點我完全解釋不了。

每次都贏幾條街的她，及輸幾條街的我，結尾通常剩得幾蚊，就會選擇一些可以合力闖關的遊戲，找錯處找到可以背錯處，籃球機呢，本來第一關都一人打一部，但臨尾幾球時就會收起自己那邊的幾個籃球，集中在同一部機玩，一來可以「省幾蚊」，二來合力才過到第三關呀，三來因為那部機出球速度太慢，如果要兩個人一齊玩，真的需要自備籃球。所以正常情況下，每部機是五球，但當我們在的時候，我們那部會有七至八球，應該造成場地一些困擾吧，沒辦法呢！有怪莫怪，只好怪本地家長經濟太差，中學生沒有太多零用錢可投放在娛樂場所。

以前沙田會有籃球機，旺角瓊華都有，無啦啦大埔昌運中心都好像有一間。日轉星移，所有舖位都轉過幾十手，有一段時間放滿扭蛋機，又有一段時間變成貼紙相，零食店都試過，現在有舖位都應該會是夾公仔吧。但我估計，無論生於甚麼時代，流行甚麼玩意，我們也會是戇居居把金錢沉迷在這些無厘頭的小玩意吧……繼續做我們完全不算運動的運動，在頭 D 遊我們永遠過不了第四個 checkpoint 的車河，完全不跟桌球規則的桌球比賽，扭蛋扭到夠錢買三套都未扭中心水目標，然後靜雞雞上拍賣網買下那一隻玩意，在扭蛋機的出口偷龍轉鳳，氹對方開心……永遠都不守規則，相親相愛。時間改變，關係都改變過好多次，但我現在知道，愛是不會改變的，對吧？壞同學。

# 連載完畢

　　M78 即將完結，作為一個整理計劃，始於上年開始執屋之時，找回好多有點歷史嘅物件，有些直接棄置，又有好多明明十年內都不會觸碰一次，但絕對不會捨棄。於是就執執埋埋，盤點一下，到底無論如何都捨不得的，是因為甚麼原因？我想記錄下「不捨」這種情感，因為所有情感終於會迎來釋懷及忘記這一天。或者有一天，我都會失憶，所以我想把這些「不捨」記低……大概我最不捨的，就是這些「不捨」的感覺。物件，從來都沒有任何保留價值，所有物件都只是身外物，但故事及記憶，都是我們保留的原因。盡人事，keep 到幾耐得幾耐。大概一生入面的整理學也是如此──關係亦然，感情亦然，我們盡力，keep 到幾耐得幾耐啦。

　　每次要處理多件物件的時候，最麻煩就是排次序，哪一段回憶要排第一？最重要的排第一？還是最重要的排最尾？哪段回憶去到最尾都想保留住，最為不捨？好難排，難過搞婚禮。婚禮酒席，排相識日期、排輩分就可以了，但重要性這門分類，與識幾耐無關，有些人，你一出世就識，你都會當他們冇到；又或者，有好多你重要的時刻，他們都真的冇到。要排重要性的話，比起辦紅事，辦白事更值得參考。大概就是，你幻想一下自己離開人間之後，如果只有五個 quota，你會拿去見哪些人？可能到時就意識到真正的重要性。

所謂回憶，其實都要有其他人陪你一齊建立才記得深刻，單打獨鬥的回憶，記下來也不會興趣盎然。不過小時候，為了避免落單，每次畢業時都會跟大隊，要寫紀念冊，就算唔 friend，無論如何都會先攝張紀念冊過去。其實有好多人好快就會去到另一個圈子，不會再聯絡，有些甚至本身唔熟，在共處一個空間的時候都不能夠打通關係，為甚麼當時會幻想可能未來會再成為朋友呢？有點天方夜譚。不過，成長是一個學習整理人際關係的過程，那麼首先你要儲落一堆，才有整理空間。不是遇到任何人都有東西學，但你怎樣整理與不同人的關係，卻是一生的課程。不用急，慢慢學。

　　寫著寫著，寫到下篇，就 78 篇，物慾雖然並未特別變低，但其實自己已經「咩都有」，不算多，但「咩都有」。有些東西你擁有了，就甚麼都不缺。之前說過的，每件物件，基本上都變成電台節目，與聽眾、會員分享過，好像儲了好多；之後又發現，好像分享夠了，可能又會花一段時間，收聽其他人的分享，自己又再聽多點、儲多點，再選擇保留甚麼、放棄甚麼。功課大概都是如此，其實做每件事的程序，大概都是如此。

# 日記

思前想後到底在最後這一篇應該寫甚麼題材，要回憶的話，其實還有好多，但既然決定了寫 78 篇，那就得好好考慮結尾。

做節目，比起分享生活，更多時候是安排生活，甚至會因為希望內容精彩而強迫自己過比較精彩的生活，然後我發現像這樣的事情，我是在十六歲的時候開始練習的。

十六歲我要去北愛爾蘭讀書，女朋友就留在香港。第一次拍拖，第二個月就開始我們的異地戀，非常提心吊膽，基本上一鬧交就可以散，要維持亦都一點也不容易。當時的我，的確是花盡一生的所有精力去維繫這段感情，除了電話之外，我每日都會寫一封信。本來每兩星期寄一次，但當時我就讀的是一間古老學校，古老到全校只有兩部能夠上網的電腦，所以我大部分零用錢都拿來買電話卡，每日放學都在電話亭講兩小時電話。後來因為買電話卡，窮到連郵票都太貴，那些信件開始變成一本日記，寫成一本書，每次回香港的時候就會給她過目一下，回英國的時候又交回我手上，將故事繼續寫下去。

　　而其實，在北愛爾蘭讀書一點也不精彩，學校好大，好像有六十幾畝田，只是校園內就已經有一個森林，但因為不是哈利波特，森林裡面有沒有怪獸，學校裡面雖然有密室，可是密室裡面只有灰塵，沒有秘寶，再加上其實我每天最精彩的時刻，就是她打電話來那兩小時，所以日記其實沒有甚麼內容可以寫，就算寫下來也不算精彩，像那些在校內偷傢俬回自己宿舍的故事，只能寫一兩日吧。

　　為了豐富日記內的內容，我曾經仔細地瓜分過一個學期，可以寫幾多日關於運動的日記，可以寫幾多日關於城市的見聞，與同學之間的人際關係又有沒有發揮空間呢？每個人可以出現幾多次呢？然後我嘗試從每一件事上面找最精彩的東西，給她說故事。其他同學，放學多數去踢波、行街，我放學主要活動範圍都是電話亭。其實我的見聞應該比較少，但不要緊，看到的東西比較少，就盡力看得細緻一點，彌補見聞上的不足。

　　我會在講電話的時候大約講一次內容給她聽，測試一下反應，反應好的話就照寫下來，反正要經過一個學期之後，日記才會傳交到她手上，隔幾個月才再接觸，應該不會覺得太重複；但如果當日的電話，反應平平淡淡，就要再想過當日的題材了。在這樣的習慣訓練下，基本上你給我任何一件物件、任何一件事，我都可以講一個故事，就算未算專長，至少也變成技能了。

　　雖然這樣的技能變成職業之後，也不能成為專業，所謂「氹人」，都可能其實只氹到一個人開心，不過反正，人一生其實只要服侍好幾個人就已經足夠，妳開心我就開心。真正的生活，其實沒有太多可以分享，大概每個人每日的生活並不是太精彩，至少未精彩到每日都值得跟其他人分享，能夠有你與我分享平淡沉悶的日子，是我一生人裡面的福氣，而遇上這個人，我從來都當成是我一生裡的所有運氣。

# 後記｜A Side Endroll

畫面模糊，感覺猶新。在中六時的冬至，我在北愛爾蘭回港過聖誕假，當日做冬，回到香港卻根本吃不下冬至飯，每秒都想衝出門口去見她。

　　從上水到大埔中心，除了乘車時坐立不安的踱步外，幾乎所有路程我都是用跑的，結果早了一個鐘就到了大埔中心巴士站，然後我第一次發現，原來等待見面比起期待見面更令人難以冷靜。在再次見面時的第一個擁抱，那不能控制的淚腺，至今仍令我驚嘆不已，明明只是分開幾個月……當日我十六歲時，流了重逢時快樂的眼淚；寫這堆故事時的三十歲，流了人生前半三分二的淚水總和。

　　Obe 的離開，是我這三十年以來，經歷過最難捱的年歲及現實，每天醒來都有一種怎麼自己還活著的失落；轉眼到故事被整理成書，我已經三十五，擁有了自己的家室，每天都在和老婆打打鬧鬧，快樂的過著不太平淡的日子。買好票去看的 show，有時會因為懶惰而賴在家中，也會一時興起，凌晨三點發悶，駕車駛入西貢散步、遊車河。日子過得很即興，好久沒流眼淚，但我還是一樣念掛。Obe 教我的，有些我已學懂，有些還在參透中，但現在我正在播放人生中的 B 碟，本書中的故事，我會好好收藏在博物館。

　　我心中有一個博物館、一個電影院、一些裝滿壞念頭的遊樂場，用來陪我放在心中的人。那麼，我現在要暫時放下這些行李，與我心愛的人，去創造新的無聊事，塞滿之後的博物館了。放心。未來見。

書　　　名：M78
　　　　　　年過三十前の78件行李
作　　　者：薛晉寧
校　　　對：鄭曉桐

出　版　社：亮光文化有限公司
　　　　　　Enlighten & Fish Ltd
社　　　長：林慶儀
編　　　輯：亮光文化編輯部
設　　　計：亮光文化設計部
地　　　址：新界火炭均背灣街61-63號
　　　　　　盈力工業中心5樓10室
電　　　話：(852) 3621 0077
傳　　　真：(852) 3621 0277
電　　　郵：info@enlightenfish.com.hk
亮　創　店：www.signer.com.hk
面　　　書：www.facebook.com/enlightenfish

2024年6月初版


I S B N　　978-988-8884-08-7
定　　　價：港幣$138

商台統籌：古善群
商台製作有限公司
香港九龍廣播道3號
電　　　話：(852) 2336-5111
傳　　　真：(852) 2338-9514

  授權出版